Découvrez l'histoire par les archives de presse

La Plume et l'Épée

MACON, PROTAT FRÈRES, IMPRIMEURS

La Plume et l'Épée

REVUE TRIMESTRIELLE

14ᵉ ANNÉE — 1914

PARIS

RÉDACTION ET ADMINISTRATION

17, Boulevard Jules-Sandeau, XVIᵉ

DISCOURS

prononcé par M. le Général Georges LEBON

à Laurière, le 26 octobre 1913,

pour l'inauguration du monument élevé à la mémoire
du Général THOUMAS.

Mesdames, Messieurs,

Au moment où l'on découvre devant nous ce monument, c'est
avec une vive émotion que je revois les traits de mon ancien
général, dont j'ai partagé la vie pendant les années lointaines
où je fus son aide de camp.

*Après avoir remercié d'abord M. le Ministre de la guerre
d'avoir accepté la présidence d'honneur du Comité et d'avoir tenu,
empêché d'assister à la cérémonie d'inauguration, à s'y faire
représenter par M. le général Peslin; puis M. le Préfet de la
Haute-Vienne de s'y être fait aussi représenter par un conseiller
de préfecture; après avoir exprimé ses regrets de ce que
M. Alfred Mézières, membre de l'Académie française et Président
du Comité, n'ait pu venir, par raison de santé, retracer la belle
et noble figure du général Thoumas; après avoir félicité au nom
du Comité M. Seysse, l'artiste de grand talent qui a su rendre
si bien la physionomie du général Thoumas, pleine d'énergie,
d'intelligence et de bonté, ainsi que les architectes, MM. Vergez
et Breuilh qui ont su mettre en valeur, avec autant de talent que
de goût artistique, sur le magnifique granit du pays, le buste
vivant du général; après avoir exprimé la reconnaissance du
Comité envers la municipalité de Laurière qui a donné généreu-
sement le terrain nécessaire et envers toutes les personnes qui,
répondant à l'appel du Comité, ont apporté à son œuvre le précieux témoignage de leur sympathie, le général Lebon a continué
ainsi :*

Mesdames, Messieurs,

Si jamais une carrière fut exclusivement consacrée au travail,
si jamais une vie humaine fut employée tout entière à servir son

pays par la pensée et par l'action, par la plume et par la parole, ce fut la carrière et ce fut la vie de notre si aimé et regretté général.

Vous connaissez tous l'œuvre considérable qu'il a produite comme écrivain militaire. Si je vous disais tout le bien que je pense de son talent comme écrivain, vous pourriez m'accuser, moi soldat, d'incompétence ; aussi je ne saurais mieux faire que d'emprunter les paroles de l'éminent historien Alfred Mézières. Voici ce qu'il écrivait dernièrement à l'occasion de la publication d'un dernier volume de causeries militaires que le fils du général Thoumas vient de faire paraître :

« Cette publication remettra en lumière, dit M. Mézières, une
« des plus belles figures d'écrivain militaire. On y retrouvera la
« connaissance approfondie qu'avait de l'armée, à toutes les
« époques, le général Thoumas ; sa passion pour toutes nos
« gloires et l'enthousiasme chevaleresque avec lequel il en
« parlait. Rien de ce qu'il a écrit n'a vieilli, tant ses impres-
« sions sont toujours restées jeunes et vivantes. Le nouveau
« volume sera un régal pour tous ceux qui aiment les beaux
« récits militaires et le souffle patriotique qui soulève les âmes
« de soldat. »

Je dirai seulement un mot du premier ouvrage qu'il publia lorsqu'il fut à la retraite, parce que le choix même de son sujet montre bien le sentiment qui le guida dans toutes ses œuvres : Je veux parler de son ouvrage sur *Les capitulations*.

Ayant toujours présentes à l'esprit les défaillances qui s'étaient produites en 1870, il voulut tout d'abord rétablir dans l'armée et dans le pays le sentiment des graves responsabilités qui incombent à ceux qui ont l'honneur redoutable de commander des places fortes ou des armées.

Toute son œuvre d'écrivain s'inspira de cette pensée patriotique de relever l'esprit militaire dans la Nation.

Et ce qu'il faut savoir, pour admirer l'énergie du général Thoumas, c'est qu'il a composé ces livres dans les cruelles souffrances de la maladie qui finit par vaincre sa puissante nature. Combien de fois pendant qu'il travaillait, je l'ai vu opposer une énergie surhumaine à la douleur qui crispait son visage.

Puisque je parle de la grandeur d'âme du général dans la souffrance, ni lui ni son fils ne me pardonneraient de ne pas évoquer ici le souvenir de sa compagne vénérée, âme si vaillante, elle aussi, cœur si aimant, entourant à tous les instants avec tendresse et admiration cet époux dont elle voulait adoucir les souffrances ; sa sollicitude était toujours en éveil comme l'était aussi celle de ses chers enfants. Le général était pour les siens tout ce qu'il méritait d'être.

Ce n'est pas la plume seulement, mais la parole aussi que le général Thoumas savait manier. Combien de fois ne m'a-t-il pas été donné d'entendre et d'admirer ses allocutions dans le cours de ses inspections générales. Un jour notamment, au moment où nous allions monter à cheval, ses yeux tombèrent sur un entrefilet de journal qui racontait que le vieil empereur Guillaume Ier venait d'adresser à ses troupes une allocution pour leur recommander la persévérance dans l'effort. Après plusieurs heures d'une inspection où l'attention du général fut occupée des objets les plus divers, il fit grouper autour de lui tous les officiers à cheval, et, prenant texte de la recommandation que Guillaume Ier faisait à ses troupes, il adressa à ses auditeurs une superbe improvisation sur la nécessité de la persévérance, cette vertu à laquelle notre tempérament nous prépare moins que celui de nos voisins.

Une haute personnalité de la magistrature qui s'était glissée dans le groupe me disait sincèrement : « Je n'aurais jamais cru « que l'on pût trouver parmi nos généraux, un pareil orateur. »

Notez que ce jour-là, pendant tout le temps que nous restâmes à cheval, et par conséquent pendant qu'il parlait, il souffrait le martyre.

Après avoir payé mon tribut d'hommage et d'admiration au talent d'écrivain et d'orateur du général Thoumas, il me resterait une tâche beaucoup plus vaste à remplir, pour vous rappeler, ainsi qu'il conviendrait, les services qu'il a rendus à la Patrie comme soldat et comme organisateur. La journée n'y suffirait pas et je me bornerai à une rapide énumération.

Pendant deux ans, il commande en Crimée une batterie à cheval dont il fait une des plus belles de l'armée, et avec laquelle il se distingue hautement à la bataille d'Inkermann. La croix de la Légion d'honneur le récompense. Il n'est pas seulement un chef d'une admirable énergie ; il est adoré de ses canonniers et quand sévissent sur l'armée le choléra et la fièvre typhoïde, sa batterie, où il a su maintenir sans effort, par l'ascendant de son caractère, la discipline et le moral des hommes, sa batterie reste pour ainsi dire indemne.

Pendant ces deux longues années d'une dure campagne vécue sous la tente, un esprit comme le sien rassembla, vous le pensez bien, ou plutôt accumula, dans ses méditations, tout ce qu'il y y avait d'imperfections dans notre organisation militaire.

Ah ! si dans les années qui précédèrent 1870, où les esprits clairvoyants prévoyaient une lutte prochaine et inévitable, si le général Thoumas avait eu, comme plus tard à Tours et à Bordeaux, une situation qui lui donnât sa liberté d'action, certes, notre artillerie ne se serait pas présentée sur les champs de bataille de Metz et de Sedan dans l'état d'infériorité où elle se trouva.

Il était donc bien préparé pour accomplir, à Tours et à Bordeaux, la besogne surhumaine qui restera son plus grand titre de gloire : 1.400 bouches à feu créées en trois mois avec leurs munitions, leurs innombrables chevaux, leur harnachement, leurs canonniers qu'il fallut instruire, leurs cadres qu'il fallut improviser en faisant flèche de tout bois...

Les premières batteries qu'il créa contribuèrent puissamment, vous le savez, à la victoire de Coulmiers.

Mais ce n'est pas tout : il dut fournir des fusils et des munitions à plus d'un million d'hommes ; car c'est l'artillerie qui est chargée de l'armement et des munitions de toutes les troupes qui entrent dans la composition des armées.

La question des cartouches d'infanterie fut de celles qui donnèrent les plus grands soucis au général Thoumas ; il me l'a dit bien des fois.

Ne croyez pas, Messieurs, que pour accomplir cette immense besogne, il suffisait d'une grande intelligence, d'une puissance de travail pour ainsi dire illimitée, d'une connaissance approfondie des questions techniques : non, Messieurs, il fallait par-dessus tout des qualités morales de premier ordre pour résister à toutes les incompétences qui envahissaient les bureaux de la guerre, aux réclamations mal fondées, aux exigences folles, et parfois à des menaces mal dissimulées de protecteurs évincés qui venaient réclamer pour leurs clients des récompenses non méritées. L'homme juste qu'était le général Thoumas a eu toute sa vie une répulsion instinctive de l'injustice, qu'on pourrait comparer à celle qu'on éprouve pour un reptile.

Cet homme essentiellement bon et pitoyable aurait écrasé volontiers l'homme coupable d'une injustice, comme il aurait écrasé une vipère sous son talon.

Il fallait aussi une grande fermeté d'âme pour continuer son labeur au milieu des angoisses patriotiques. Un instant, la victoire de Coulmiers avait exalté les courages et les espoirs. Hélas ! au commencement de décembre, on apprit que l'armée allemande de Frédéric-Charles, devenue disponible par la capitulation de Metz, arrivait à marches forcées se joindre à l'armée allemande que la victoire de Coulmiers avait chassée d'Orléans ; et bientôt se dessine l'attaque allemande pour reprendre Orléans.

Le fils du général, le capitaine Thoumas, est chargé d'accompagner un train qui va porter à Orléans, pour nos troupes, un supplément de munitions. Ici je devrais m'arrêter..... pour ne pas froisser la modestie de ce fils qui m'entend ; mais je ne puis supprimer une page d'histoire qui fait autant d'honneur au père qu'au fils.

Dans la soirée, on reçoit à Tours de mauvaises nouvelles, et on apprend que les Allemands ont repris Orléans. Puis, plus rien !... les communications avec Tours sont coupées, aucune nouvelle des nôtres. Ainsi, dans cette nuit du 4 décembre, à l'angoisse patriotique qui étreint tous les cœurs, s'ajoute, pour le général Thoumas, l'angoisse paternelle. Et cependant ce stoïque, digne de ceux que l'antiquité a glorifiés, continue son labeur pour la Patrie ; le lendemain, le capitaine Thoumas arrive, embrasse son père. Et c'est seulement plus tard, quand à son tour arrive le mécanicien, qu'on apprend ce qui s'était passé : au moment où les Allemands entraient dans Orléans, le capitaine Thoumas est monté sur la locomotive ; il a pris la direction du train pour sauver les munitions qui n'ont pas été consommées, et de nombreux blessés entassés dans les wagons qui ont été vidés. Mais bientôt, au milieu de la nuit, Thoumas distingue la cavalerie allemande qui barre la route. Des cavaliers pied à terre sont occupés à couper la voie, et placent sur les rails des pierres, des pièces de bois, tout ce qui leur tombe sous la main. Thoumas n'hésite pas ; il commande au mécanicien de lancer le train à toute vitesse ; le train bondit sur les obstacles, et franchit la ligne allemande sous une fusillade qui ne réussit qu'à blesser à nouveau un certain nombre de nos blessés.

La locomotive était hors de service. On dut s'arrêter, mais le précieux train était sauvé.

Je ne puis malheureusement m'étendre davantage, dans cette courte allocution, sur les services rendus par le général Thoumas à Tours et à Bordeaux ; mais je tiens à rappeler que les deux éminents organisateurs de la Défense nationale, Gambetta et M. de Freycinet, ont proclamé hautement combien le général Thoumas avait été pour eux un collaborateur précieux et grandement apprécié.

Dans les années qui suivirent 1870, le général Thoumas prit une part active à la réorganisation de nos forces militaires, particulièrement en ce qui concerne les services de l'artillerie et le service des poudres.

Il créa l'importante Direction d'artillerie de Versailles, où j'eus l'honneur d'être plus tard un de ses successeurs.

Président d'une Commission mixte d'études sur les explosifs, et particulièrement sur la dynamite, il fut chargé d'établir un règlement pour l'emploi de ces explosifs dans les opérations militaires.

Rapporteur moi-même de cette Commission, c'est alors que je le connus, et je dus à cette collaboration avec lui de devenir son aide de camp.

Dans sa clairvoyance, il organisa à Versailles une institution qui fonctionne toujours et dont l'importance n'a fait que grandir : je veux parler de la Commission centrale des poudres de guerre. Ce nouvel organe a rendu les plus grands services surtout depuis l'adoption des poudres nouvelles, *les poudres sans fumée*. C'est grâce à cette Commission — je n'hésite pas à le dire, car j'en ai fait personnellement l'expérience — que l'artillerie de terre a dû d'éviter des catastrophes terribles comme celles qui se sont produites ailleurs, et qui sont encore présentes à vos esprits.

Il eut aussi sa part dans la création de l'organe le plus important de notre puissance militaire, je veux parler de l'état-major général de l'armée. Lorsqu'il fut question de créer l'état-major général de l'armée, le général de Miribel, avec lequel j'étais dans des termes d'affectueuse amitié depuis que j'avais été son adjoint quand il était colonel, au second siège de Paris, le général de Miribel me pria de demander au général Thoumas de l'aider, en créant un mouvement d'opinion en faveur de la création de l'état-major général de l'armée, au moyen d'articles que le général Thoumas ferait paraître dans le journal *le Temps*. Le général Thoumas fut heureux de donner son concours à cette nouvelle œuvre si importante pour le bon fonctionnement de notre haut commandement. Ce fut pour moi, jeune officier, une grande jouissance de servir d'intermédiaire entre ces deux grands esprits, et de faire comprendre à chacun d'eux la pensée de l'autre.

Voulez-vous maintenant connaître comment le général Thoumas était jugé par ses pairs ? Le Comité de l'artillerie dont il faisait partie quand j'étais son aide de camp, était présidé par le très brillant général de Lajaille qui m'honorait d'une affection, je dirais volontiers paternelle, depuis que j'avais fait sous ses ordres, quant il était colonel, la campagne de Metz.

Combien de fois le général de Lajaille ne m'a-t-il pas dit son admiration pour la haute intelligence du général Thoumas qui éclairait d'une manière lumineuse les questions les plus ardues, et il m'a répété souvent ces mots : « Ce n'est pas moi, mais votre « général, qui devrait être Président du Comité. »

Le général Thoumas, à qui je racontais un jour ce propos, me répliqua : « Le général de Lajaille a tort, il préside mieux que je ne le ferais, car je n'aurais pas toujours son calme et sa patience. » Paroles bien simples, mais belles paroles qui honorent ces deux officiers généraux.

Si le général Thoumas n'avait été mis en relief par les événements, sa modestie l'eût maintenu dans les postes secondaires. Il m'a dit souvent que jusqu'en 1870, sa seule ambition avait été de finir sa carrière comme colonel. Cet homme ne rêvait pour lui que de simplicité, et de grandeur pour son pays.

Vous connaissez les vers immortels où Horace chante l'homme juste, tenace dans ses desseins, inébranlable dans l'adversité, le général Thoumas était cet homme-là. Les hommes de cette trempe sont rares. Ils le sont en tous pays, et j'ajouterai qu'ils sont aussi modestes que rares. Ce n'est pas eux qui se mettent en avant pour gagner les faveurs de la foule ; il faut qu'on aille les chercher dans la pénombre où ils se tiennent. Malheureusement, Mesdames et Messieurs, l'Alouette Gauloise se laisse facilement attirer aux lueurs brillantes du miroir ; mais elle est si vive et si alerte, que nous l'aimerons toujours mieux que l'aigle aux serres cruelles. Efforçons-nous du moins, tout en gardant les qualités de notre race, de remédier à ses légers défauts. Du fond de sa tombe, le général Thoumas nous donne un dernier enseignement et non des moindres : c'est que les hommes qui tiennent entre leurs mains les destinées d'un grand Pays ne doivent pas attendre que les épreuves accablent la Patrie pour rechercher et utiliser les hommes de valeur. Le Grand Empereur du Japon, aux obsèques duquel j'eus l'honneur de représenter la France, disait : « Cher- « chons jusque dans les îles les plus reculées de notre Empire « s'il s'y trouve des hommes capables. » J'espère que notre Démocratie saura de mieux en mieux pratiquer ce grand art du Gouvernement des hommes, qui consiste à mettre chacun à sa place. La vie du général Thoumas souligne tout particulièrement cette nécessité.

. Je terminerai cet éloge si incomplet et si imparfait de tous les services qu'il a rendus, en disant combien je suis heureux, à la veille de rejoindre mon ancien chef et ami, qu'il m'ait été donné d'être l'interprète de la reconnaissance publique, envers cet homme admirable, de caractère antique, que fut le général Thoumas.

Général Georges LEBON.

LE GÉNÉRAL VINOY

Parmi les hommes qui sont parvenus à la notoriété, il en est dont la carrière serait demeurée fort modeste s'ils n'avaient eu recours à de persévérantes intrigues ; d'autres, dont le nom aurait brillé d'une gloire éclatante, si la nature ne leur avait pas donné, en même temps que des talents supérieurs, la modestie qui, dit-on, les accompagne toujours.

Le général Vinoy est certainement de ces derniers. Avec de magnifiques états de services qui auraient dû faire de lui un maréchal de France, il quitta l'armée comme général de division et si, plus tard, il devint, après le départ de Trochu, commandant en chef de l'armée de Paris, c'est parce que les malheurs de la patrie l'avaient forcé à sortir de sa retraite et appelé au commandement du 13ᵉ corps d'armée. Mais le général Vinoy avait une horreur instinctive de l'intrigue, et s'il ne pouvait démasquer et écarter les intrigants, il se détournait d'eux et les fuyait avec mépris.

Aujourd'hui, le nom de Vinoy est peu connu du grand public ; cependant, la retraite du 13ᵉ corps d'armée, qu'il commandait au moment où l'armée de Châlons sombrait à Sedan, est une opération militaire merveilleusement conduite et qui peut prendre rang dans l'histoire à côté de la retraite des Dix Mille et de celle de Kouropatkine en Mandchourie.

Il semble donc qu'il y ait une injustice à réparer et que le nom de Vinoy mérite d'être appris à la jeunesse qui le connaît peu, parce que sa bravoure, son intelligence, sa droiture ne peuvent être contestées ; parce qu'il y a là une carrière militaire à donner en exemple ; enfin, parce que le général Vinoy se révèle à l'observateur comme un homme de guerre complet.

Né en 1800 à Saint-Étienne-de-Saint-Geoirs, dans le Dauphiné, d'une honnête famille de cultivateurs, le jeune Joseph Vinoy fut d'abord élève au grand séminaire de Grenoble et

professeur au séminaire de Pont-de-Beauvoisin. A vingt-trois
ans, ne se croyant pas appelé à la vie sacerdotale, il s'engagea
comme simple soldat au 4ᵉ régiment de la garde royale. Bientôt
il permute et part en Algérie avec son nouveau régiment.

Il reste en Afrique presque sans interruption pendant vingt
ans, de 1830 à 1850, et comme sergent, comme officier, il
accomplit plusieurs actions d'éclat, reçoit plusieurs blessures et
se fait remarquer en mainte circonstance. On se rappelle que la
première rencontre de nos troupes avec les Arabes eut lieu à
Staouëli. Le sergent Vinoy y reçoit deux blessures en enlevant
un drapeau que les Arabes venaient de planter devant sa Compagnie, pour défier les Français, ce qui lui vaut l'épaulette et la
croix. A cette même bataille, un autre héros africain, Lamori-
cière, attire aussi les regards sur lui.

A la légion étrangère où Vinoy passa bientôt, il sut se faire
aimer des légionnaires ; en 1839, au combat de l'Arba, il a un
cheval tué sous lui.

Le rôle des troupes qui conquièrent des colonies n'est pas ter-
miné lorsque la conquête du sol est achevée ; il leur reste à
accomplir une œuvre de pacification, d'organisation, de colonisation, en un mot. Il faut rétablir l'ordre, faire naître la confiance chez les indigènes, reconstruire les villages, percer des
routes, créer des marchés, répartir et prélever l'impôt. Vinoy
s'appliqua avec succès à cette œuvre de colonisation, dans
laquelle devaient exceller Faidherbe et, plus tard, les généraux
Galliéni et Lyautey.

En 1842, le général d'Arbouville[1] fit une petite expédition au
cours de laquelle Vinoy se distingua encore. Un malheureux
officier, qui s'était fait remarquer par son intrépidité, restait en
arrière et allait être abandonné ; trois de ses camarades rebrous-
sèrent chemin et coururent à son secours : c'étaient les commandants Mellinet[2] et de Caprez, auxquels avait tenu à se joindre
le capitaine Vinoy. Hélas ! ils rapportèrent un corps mutilé de
coups de yatagans, ce qui prouve que leur intervention n'était
pas sans péril.

Colonel, Vinoy créa, en 1852, le 2ᵉ régiment de zouaves dont
il prit le commandement et avec lequel il enleva la casbah

1. Ce renseignement nous a été fourni par notre excellent camarade et
confrère Bastard.

2. Plus tard général.

de Laghouat ; l'affaire fut chaude, et le commandant Morand
y fut mortellement blessé, en entraînant ses zouaves à l'assaut.

L'année suivante, le 2ᵉ zouaves faisait l'expédition des Babors
et les étoiles de général de brigade récompensaient Vinoy des
services qu'il avait rendus. Il dut alors quitter Oran et s'embar-
quer à Mers-el-Kébir ; il y fut accompagné par tous ses officiers
et une partie de ses zouaves qui lui firent les adieux les plus
touchants. Il n'y a pas très longtemps encore, vivait à Oran un
vieux maître d'armes du 2ᵉ zouaves qui avait été sous les ordres
du colonel Vinoy ; ce vieux soldat ne tarissait pas d'éloges sur
son ancien chef dont il admirait la bravoure, la justice et la
bonté.

En Crimée, nouvelles batailles, nouveaux exploits. A la
bataille de l'Alma, il enfonce le centre de l'armée russe, après
une lutte sanglante, au cours de laquelle il a encore un cheval
tué sous lui. Il passa le rude hiver de 1854-55 dans les travaux
et les privations du siège de Sébastopol ; son esprit, fertile en
ressources, parvient à diminuer les souffrances des soldats, en
même temps que son énergie soutient leur moral. Il se bat aussi
à Balaklava et à Inkermann. Le 8 septembre 1855, le général
Pélissier, commandant en chef, ordonne la prise de la tour de
Malakoff ; il se tient sur les hauteurs du mamelon Vert ; les
troupes sont lancées à l'attaque. Déjà le général Bosquet,
blessé d'un coup de feu, est étendu sur une civière. Le général
Vinoy, le sabre à la main, est à la tête de ses régiments qu'il
conduit sous la mitraille à l'assaut de la redoute. Il poussa son
attaque jusque dans la gorge de Malakoff ; cette chaude action
coûtait à sa brigade la moitié de son effectif.

En 1859, pendant la campagne d'Italie, Vinoy commandait
une des divisions du corps Niel. A la bataille de Magenta, il fut
chargé d'enlever la position de Ponte-Vecchio, occupée par
l'armée autrichienne ; il s'en empara et fit mille prisonniers. Là
encore, son cheval était tué, mais il sortait indemne de la lutte ;
une main invisible semblait le préserver.

Après la bataille, le maréchal Niel écrivait dans son rapport :
« Je crois devoir signaler la brillante conduite du général Vinoy.
Il est impossible d'allier à un plus haut degré l'ardeur qui élec-
trise le soldat et la présence d'esprit qui fait parer aux cas diffi-
ciles et imprévus. »

A Solférino, la division Vinoy, appuyée à la ferme de Casa-
nova, repousse les attaques de soixante-quinze mille Autri-

chiens ; il leur prend un drapeau, des canons, après un combat acharné au cours duquel le général ennemi prince Windishgraëtz trouve la mort.

Comme récompense, le gouvernement impérial donna au général le commandement de la division d'infanterie de la garde.

Vinoy était passé dans le cadre de réserve depuis deux années, lorsque les malheurs du pays lui remirent l'épée en main. Peu de généraux eurent, en 1870 et 1871, un rôle aussi lourd et aussi long à jouer : en effet, nommé au commandement du 13e corps d'armée le 12 août, un mois à peine après la déclaration de guerre, il prit part aux opérations militaires jusqu'à l'armistice et à celles qui furent dirigées ensuite contre la Commune.

Le général Vinoy se trouvait pour la première fois à la tête d'un corps d'armée et on sait avec quel coup d'œil et quelle énergie il sut préserver ses troupes d'une destruction qui semblait inévitable.

Une partie du 13e corps se trouvait à Mézières le 1er septembre quand des fuyards et des troupes débandées y apportèrent le soir la nouvelle du désastre de Sedan. Vinoy pouvait attaquer l'ennemi à revers, mais il se souvint à propos que les troupes auxquelles il allait se heurter étaient dix fois supérieures en nombre et qu'elles étaient victorieuses ; il pouvait aussi rester sous Mézières, mais il comprit vite qu'il y serait aussitôt investi. La retraite était le parti le plus sage ; il l'adopta.

Il rallia les soldats débandés, leur donna des chefs et les dirigea sur Laon. Puis il leva le camp par une marche de nuit pour échapper aux Allemands.

Bientôt sa ligne de retraite est coupée par la cavalerie vers Rethel, puis par l'infanterie, vers Château-Porcien ; il finit par échapper après avoir fait 116 kilomètres en trois jours, tantôt en prenant des chemins détournés, tantôt en balayant la route avec ses mitrailleuses, quand il était serré de trop près. La justesse de son coup d'œil, la rapidité de ses décisions et son énergie avaient su conserver au pays le seul corps d'armée qui eût échappé à la capitulation de Sedan ; ce corps allait constituer le principal élément des troupes chargées de la défense de Paris.

La retraite du 13ᵉ corps est considérée, à juste titre, comme un chef-d'œuvre, comme une opération réalisée aussi parfaitement que les difficultés à vaincre le permettaient. Elle fait le plus grand honneur au vaillant soldat qui l'a conçue et exécutée et lui assure à jamais une page glorieuse dans l'histoire militaire du xixᵉ siècle. Le gouvernement de la Défense Nationale le récompensa en lui conférant la médaille militaire.

Les opérations auxquelles prit part l'armée de Paris, pendant que les Allemands investissaient la capitale, furent nombreuses. Le 13ᵉ corps fut un de ceux qui fournirent alors les efforts les plus constants, sans doute parce qu'il était bien commandé, et aussi parce qu'il comprenait dans son organisation les 35ᵉ et 42ᵉ de ligne, les deux seuls régiments constitués qui restassent de l'ancienne armée et qui étaient revenus de Rome au moment de la déclaration de guerre.

Malheureusement, le général Vinoy, conformément à des habitudes déplorables, ne fut jamais mis au courant du but des opérations auxquelles il devait prendre part, si bien que l'action de ses troupes ne se liait pas toujours assez à celle des troupes voisines.

D'autre part, il est bien permis d'avancer qu'il fut mis sous les ordres de généraux qui n'avaient pas sa valeur, et que, le 16 septembre, il se trouva être le subordonné du général Ducrot, dont il était l'ancien par l'âge, le grade et les services [1].

Enfin, Vinoy conçut quelques opérations dont le général Trochu traça ensuite le plan et au sujet desquelles il donna les ordres les plus détaillés, si bien que le commandant du 13ᵉ corps, réduit au rôle de simple agent d'exécution, n'eut plus aucune initiative et ne put trouver l'emploi des belles qualités militaires dont il avait naguère donné tant de preuves.

Quoi qu'il en soit, les troupes du général Vinoy assistèrent à la plupart des batailles qui se livrèrent sous les murs de Paris, et il faudrait faire tout l'historique du siège pour relater les opérations auxquelles elles prirent part.

Le 17 septembre, une colonne se bat à Montmesly. Peu après, le 30, deux brigades sont fortement éprouvées au combat de Chevilly ; attaquant des villages fortifiés, elles laissent sur le

1. V. Général PALAT (Pierre Lahautcourt) : *Siège de Paris, Châtillon, Chevilly, La Malmaison*, page 162 ; *Le Bourget, Champigny*, page 148 ; *Buzenval, La Capitulation*, page 67 (Berger-Levrault, 1898).

terrain 74 officiers et 2.046 hommes tués, blessés ou disparus, alors que les Allemands n'en perdent que 413. Quelques jours après, le 13 octobre, le 13e corps participe au combat de Bagneux-Châtillon. Le 8 novembre, le général Vinoy était appelé au commandement de la 3e armée, nouvellement organisée et qui comprenait six divisions d'infanterie, composées surtout de mobiles. C'est avec ces troupes qu'il combat à l'Hay, le 29 novembre, et qu'il s'empare de la gare aux bœufs de Choisy-le-Roi. Ses troupes se battent encore le 30, puis le 21 décembre, à la ville Evrard. A la fin de décembre, pendant le bombardement du fort de Rosny, le général Vinoy avait sa capote brûlée, son képi emporté par un obus. Et il écrivait, le 31, à un ami :

Tous nous sommes bien résolus à tenir jusqu'à la dernière extrémité et à tout oser pour repousser ces gredins de Prussiens, qui ruinent notre belle France.

Enfin, le 19 janvier, il était à la bataille de Buzenval, avec deux de ses divisions.

Mais Paris était arrivé au terme de la résistance et le dernier sac de farine allait être consommé. Le gouverneur de Paris qui, dans une des proclamations dont il aimait à abuser, avait déclaré qu'il ne capitulerait pas, comprenait, avec toute l'armée, que toute nouvelle sortie était inutile. Après avoir été très populaire et avoir inspiré toutes les espérances, il sentait qu'il n'avait plus aucune autorité ; le Gouvernement s'en rendait compte et Jules Favre, en son nom, nomma le général Vinoy commandant en chef de l'armée de Paris.

On a dit que le courage militaire était parfois incompatible avec le courage civique. La conduite de Vinoy prouve que ces deux formes du courage peuvent coexister. En effet, en acceptant le commandement de l'armée de Paris au moment où la capitale allait être forcée d'ouvrir ses portes à l'ennemi et alors que la population, affaiblie par trois mois de privations, de lutte et de misère, déçue dans son espoir patriotique, était déjà en proie aux troubles précurseurs de l'émeute, Vinoy a accompli un acte d'abnégation et de courage infiniment rare et qui lui constitue un titre de plus à l'admiration de tous les bons Français.

L'armistice signé, Vinoy resta à son poste, et il s'y trouvait encore lorsqu'éclata l'insurrection du 18 Mars.

Hélas ! ce n'était pas la première fois que notre héroïque soldat était appelé à tirer l'épée contre des citoyens séditieux ou égarés. Déjà, le 25 juin 1848, son régiment revenait d'Afrique et débarquait à Marseille. Dès cinq heures du matin, il était chargé d'enlever avec son bataillon les barricades de la place Castellane, occupées par les insurgés. Trois ans plus tard, le 14 décembre 1851, il arrivait devant le village de Saint-Etienne-les-Orgues, dans les Basses-Alpes, à la tête d'un millier d'hommes, et réprimait les troubles qui avaient éclaté dans ce bourg et dans les environs.

Pour suivre pas à pas le général dans les opérations qu'il conduisit contre les troupes de l'émeute, il faudrait écrire toute l'histoire de la Commune. Sans donner de tels développements au récit des événements auxquels il prit une part si prépondérante, il convient de rappeler que Vinoy eut le commandement de la deuxième armée, qui constituait l'armée de réserve et qui comprenait les divisions Faron, Bruat et Vergé.

Les troupes du général Vinoy entrèrent à Paris le 23 mai, par la porte de Neuilly. Le lendemain, des incendies étaient allumés un peu partout par les émeutiers : le Palais de la Légion d'honneur, la Cour des Comptes, le Conseil d'Etat, les Tuileries, le ministère des Finances, l'Hôtel de Ville devenaient la proie des flammes ; puis de formidables explosions viennent augmenter la terreur qu'inspiraient ces immenses brasiers : Paris semblait être ravagé de fond en comble par des bandes de tortionnaires ivres.

C'est au général Vinoy qu'échut la mission de s'emparer de la place de la Bastille et de la place du Trône ; pour enlever ces positions, il lui fallut d'abord se rendre maître de la gare de Bel Air, de la caserne de Reuilly, énergiquement défendue, et de la formidable barricade que les hommes de la Commune avaient élevée à l'intersection du faubourg Saint-Antoine et de la rue de Reuilly. Il était huit heures du soir lorsque les insurgés furent chassés de la place du Trône.

Le 28, ce fut un bataillon du 1er régiment d'infanterie de marine, soutenu par deux autres bataillons et par un régiment de la division Faron, qui parvint à pénétrer dans le cimetière du Père Lachaise et à s'en rendre maître. L'insurrection était définitivement vaincue ; la carrière militaire du général Vinoy était terminée.

On a fait grand bruit, il y a peu de temps encore, au sujet de la prétendue utilité qu'il y aurait à confier tous les commandements à de jeunes généraux. Les éminents services qu'a rendus, en 1870 et 1871, le général Vinoy, alors âgé de soixante-dix ans, prouve jusqu'à l'évidence que cette mesure serait sans grande utilité. Si le corps des généraux d'une armée est, comme il doit l'être, l'élite à la fois physique, intellectuelle et morale de toute une génération militaire, on peut affirmer que ces généraux peuvent servir utilement jusqu'à soixante-cinq ans et souvent même après.

Lorsque Louis XV confia à Villars la mission de conquérir le Milanais, l'ardent et glorieux maréchal n'était rien moins qu'octogénaire. Blucher était âgé de soixante-treize ans lorsqu'il parut sur le champ de bataille de Waterloo, pour donner, avec une farouche énergie, le coup de grâce à l'aigle expirant. Le général de Steinmetz avait soixante-quatorze ans lorsqu'il commandait, avec une ardeur si impatiente qu'elle fut presque de l'indiscipline, la première armée allemande. Les soixante-six ans du général d'Aurelle de Paladines ne l'empêchèrent pas de remporter la victoire de Coulmiers sur les Bavarois de von der Tann. Enfin, lord Roberts était âgé déjà de près de soixante-huit ans lorsqu'il fut envoyé, on sait avec quel succès, au Transvaal où avait déjà sombré la réputation militaire de plusieurs généraux plus jeunes que lui.

Après la guerre, Vinoy fut nommé Grand Chancelier de la Légion d'honneur. Mais la Grande Chancellerie n'avait plus de demeure, l'incendie qui l'avait détruite n'en avait laissé que les murs. Le général prit l'initiative d'une souscription publique destinée à sa reconstruction et, grâce à la renommée qu'il s'était acquise et à l'éclat de son nom, la souscription à laquelle seuls les légionnaires devaient prendre part, fut bientôt arrivée à un plein succès.

Pendant qu'il fut à la tête de la Grande Chancellerie, Vinoy, qui avait longtemps affronté le rude soleil de l'Afrique et supporté stoïquement, dans les tranchées de Sébastopol, les froids exceptionnels d'un hiver rigoureux, s'occupa des élèves de Saint-Denis avec une sollicitude peut-être plus paternelle que ses prédécesseurs ; il adoucit la sévérité des règlements, modernisa l'uniforme, et permit l'eau chaude en hiver. C'est le cas de dire, avec Victor Hugo, que « les cœurs de lion sont les vrais cœurs de père ».

Les loisirs que lui laissèrent ses fonctions de Grand Chancelier, Vinoy les occupa à écrire, sur les grands événements auxquels il venait de prendre une part si brillante, deux volumes estimés, ajoutant ainsi le titre d'écrivain à ses états de service militaire. Écrits avec impartialité et dans une langue claire, avec la sincérité et l'émotion des choses vécues, ses deux principaux ouvrages : *Siège de Paris* et l'*Armistice et la Commune* seront toujours consultés par ceux qui s'intéresseront à cette partie de notre histoire nationale. Il faut aussi mentionner son *Armée française en 1873*, travail par lequel il dressait en quelque sorte l'inventaire de nos ressources militaires et donnait les moyens de les utiliser le mieux.

Hélas ! la politique allait frapper au cœur le brave soldat qu'était Vinoy. Quand Grévy succéda au maréchal de Mac-Mahon à la présidence de la République, la Grande Chancellerie de la Légion d'honneur changea de titulaire ; le général ressentit un vif chagrin d'une disgrâce aussi imméritée : ses derniers jours en furent assombris et sa fin en fut précipitée.

Pour montrer la bonté et l'élévation des sentiments du général Vinoy, on ne peut mieux faire que de transcrire certains passages de quelques-unes de ses lettres. En 1875, il écrivait à son neveu, en parlant du fils de ce dernier :

J'ai débuté comme il veut le faire ; je me suis fait un nom qui est connu dans l'armée et, jusqu'à présent, il n'y a pas d'autre officier que moi qui le porte. S'il veut s'inscrire à côté de moi sur l'Annuaire militaire, je ne demande pas mieux ; il a du temps devant lui ; mais il faudra qu'il se résigne à bien des tribulations. Après tout, ses cousins Vincendon et Tanchot [1] ont passé par là et pourront lui tendre la main quand je n'y serai plus. Seulement, il faut qu'il se souvienne du proverbe : « *Noblesse oblige* » ; il porte mon nom, il ne faut donc pas qu'il fasse aussi bien, *mais mieux que ses camarades*.

Quelques mois après, il écrivait, au même petit neveu, qui venait d'être nommé caporal :

Il est bon que tu sois attaché à l'armement, à l'habillement et même auprès du Trésorier, pour bien apprendre la comptabilité et l'initier à tout ce qui compose l'attirail qui aide à la marche et à l'entretien d'un régiment ; mais je ne voudrais pas le voir éterniser dans les bureaux ; il faudra donc suivre les exercices et les différents cours qui préparent un soldat à devenir officier.

1. Vincendon est parvenu au grade de général de division ; le général Tanchot a commandé le 9ᵉ corps d'armée à Tours.

Ton cousin Tanchot a commencé comme toi ; il n'avait que dix-sept ans quand il s'est engagé pour venir me rejoindre en Crimée ; ses études étaient plus qu'incomplètes ; il s'est mis à l'étude et aujourd'hui c'est un des officiers les plus instruits de son régiment ; il connaît le latin, il a appris l'italien, l'arabe et il apprend l'allemand en ce moment et le saura bientôt ; il lève des plans et fait des cartes. D'élève, il est devenu professeur, il enseigne ses officiers et il est chef de bataillon. Voilà un modèle à suivre ; il atteindra à coup sûr son cousin Vincendon qui compte, lui, m'atteindre moi-même. Je le souhaite pour vous tous, les uns après les autres : c'est par le travail et la discipline que l'on arrive ; ceux qui marchent dans cette voie finissent par avoir la chance qui couronne leur travail.

La carrière du général Vinoy est magnifique : actions d'éclat, bravoure constante, droiture sans défaillance, participation brillante à toutes les grandes guerres du second Empire, conception et conduite d'une retraite difficile, talents prouvés de colonisateur, d'administrateur et même d'écrivain. On peut donc s'étonner que le nom de ce vaillant capitaine demeure dans une demi-obscurité, alors que l'équité voudrait qu'il fût mis en pleine lumière, sur le livre d'or des grands hommes de guerre.

Pourquoi ne donnerait-on pas le nom du général Vinoy à l'une des rues de Paris ? Aucune objection politique ne pourrait être opposée à ce projet. En servant les Bourbons sous Charles X, les d'Orléans sous Louis-Philippe, les Napoléon sous le second Empire, la République de 1848 et après le 4 septembre, il a montré qu'il entendait servir, comme tout vrai soldat, non pas les intérêts transitoires des partis éphémères, mais les intérêts permanents du pays ; non pas les dynasties ou les hommes qui passent, mais la France qui demeure.

Le magnifique portrait de Vinoy, qu'a peint Yvon, et qui était relégué, faute de place, dans une resserre du château de Versailles, vient d'être exposé, par les soins de M. de Nolhac, dans une salle nouvellement organisée et consacrée au second Empire. L'aube d'une gloire durable se lèverait-elle enfin pour la mémoire du valeureux général ?

Albert DAUTEL.

A ALBERT CARRÉ

« S'il vivait je ferais prince Pierre Corneille ! »
Ainsi parlait Celui qui soumit à ses lois
Le Théâtre-Français.... et l'Europe, et, la veille,
Qui donnait à Talma des parterres de rois.

Ainsi ce ciseleur d'une Epée immortelle,
Par un trait de sa Plume avait su marier
La comédie épique et la guerre en dentelle,
La Maison de Molière au bivouac du guerrier.

Le décret de Moscou veut donc ce corollaire :
C'est qu'Horace, Le Cid et Cinna soient menés
Par un lettré — mais qui serait un militaire,
Et vers l'Est — côté cour — aurait les yeux tournés !

Et celui-là, Messieurs, devra savoir encore
Qu'un Maréchal vainqueur fut vaincu par Favart ;
Que l'Epée, à travers l'Histoire, se décore
De dragonnes de soie et qu'elle doit à l'Art.

Celui-là c'est Albert Carré... Place à la scène !...
Car, sabre au flanc, parmi les Grâces et les Ris,
Il entre à ce foyer fameux où Célimène
Fut infirmière au temps du siège de Paris !

Qu'il soit le bienvenu dans notre groupe ici...
Fleurdelysant de rêve un titre d'épopée,
Ce groupe, grâce à lui désormais porte aussi
Pour surnom : *Le Théâtre et la Plume et l'Épée* !...

Capitaine Fabien MOUGENOT.

Décembre 1913.

AU GÉNÉRAL PAU

Mon général, salut !... Un adieu d'odelette
Après celui des chefs me semble essentiel :
Les étoiles d'argent, comme celles du ciel,
Peuvent illuminer les rimes d'un poète.

Les unes disent : aime !... et les autres : combats !...
Les unes disent : rêve !... et les autres : travaille !...
Il faut, durant la vie allant vaille que vaille,
Croire à celles d'en haut, suivre celles d'en bas.

C'est ce que nous faisons en marchant à la suite
Des vôtres que portait votre giberne à Wœrth :
Tels les mages conduits vers leur dieu découvert,
Notre foi, par vos soins, fut sûrement conduite.

Et pour montrer la route allant au pont de Kehl,
La route de devoir, d'Honneur et d'héroïsme,
Votre main, votre *unique* main — ce symbolisme ! —
Se lève dans l'Histoire en un geste immortel.

Quand le poignet broyé, la cuisse brisée, ivre
De douleurs, vous avez refusé de signer
Le « revers » de Bismarck, vous veniez d'enseigner
Pour jamais, un espoir — l'Espoir qui vous fit vivre !...

Nous réaliserons cet espoir tôt ou tard ;
Et nous irons le dire à votre sœur Edmée,
Votre sœur, qu'on avait à Nancy surnommée
Très prophétiquement : la sœur de Jeanne d'Arc !...

Car par nos temps de doute impur et de névroses,
Il est sain que, loyaux, pauvres et fiers qu'ils sont,
Les jeunes officiers assurent de ces choses
    Les grands généraux qui s'en vont !...

Capitaine Fabien MOUGENOT.

14 Janvier 1914.

A MONSIEUR POINCARÉ

Président de la République [1]

Je viens vous saluer respectueusement
Au nom des gens de plume, au nom des gens d'épée,
Car toujours votre style, ou nerveux ou charmant,
Brille comme une lame et souple et bien trempée.

Car vous êtes un vrai Français du premier jour,
Sachant tout ce qu'on doit à notre chère armée,
Votre terre natale est de nous tous aimée,
Les frontières de l'Est ont droit à notre amour !

Vous semblez être né pour votre rang suprême,
Homme de bel accueil et de sûr jugement ;
Le sol de la Lorraine est un riche ferment,
Une forte moisson sort du grain qu'on y sème ;

Ah ! quand vous retrouvez votre vieille cité,
Quand s'offrent à vos yeux les souvenirs d'enfance,
Le collège, les bons parents, la liberté,
Votre cœur au passé se livre sans défense,

Et puis, c'est votre clos, dont les arbres ombreux,
Molle et verte douceur, abritent votre asile,
Et dont le calme aspect, aux moments douloureux,
Réconforte et sourit comme un songe tranquille.

Oui, ce pays natal que l'on cherche à revoir,
Vous l'exprimez soudain dans une verve émue ;
Ce que votre Lorraine en vous-même remue,
Vous le dites en vrai poète du terroir !

1. Ces beaux vers furent dits par leur éminent auteur au cours de la soirée artistique qui suivit le Dîner du 3 février 1914, dont M. le Président
de la République et Mme Raymond Poincaré avaient accepté la présidence
d'honneur.

Les brumes du matin sur les bords de la Meuse,
Les paysans pensifs aux bras laborieux,
Le pas lent des bœufs roux dans la glèbe fumeuse,
L'alouette au chant clair perdue au fond des cieux.

Le resplendissement de midi sur les plaines,
Les bruits toujours croissants des grands travaux du jour,
Et, plus tard, sur les prés ou les champs de labour,
La naissance du soir aux plus fraîches haleines,

Vous aimez tout cela d'un amour filial,
Vous gardez votre culte à ce vieux coin de terre,
Où vos morts adorés dorment dans le mystère,
Où partout le réel contient de l'idéal !

Et même en visitant nos provinces lointaines,
Vous savez évoquer, élégant et précis,
Tous les chers souvenirs dont elles restent pleines
Et vous semblez des leurs sans être du pays !

Vous avez salué là-bas, — c'était bien juste, —
Mistral, gloire félibre et notre gloire aussi
Et sous un humble toit, Fabre, vieillard auguste,
Grand savant que naguère on ignorait ici !

Non ! non ! l'on n'y croit pas quand on nous dit frivoles !
Notre prestige en vous ressuscitait encor
Quand vous avez conquis, par de saines paroles,
Le pays rude et fier du Cid Campeador !

Dans votre verbe clair notre race respire,
Des amis inconnus surgissent sur vos pas,
Et loin de la rumeur des stériles combats,
Vous savez émouvoir et vous savez sourire !

C'est le Destin des chefs, vous avez des jaloux,
A tout homme de marque il faut des adversaires,
Mais, quand y songeant bien, ils se font plus sincères,
Ils se disent pourtant qu'ils se devraient à vous !

Et sans être orgueilleux de ce pouvoir suprême,
Vous demeurez le pur serviteur de la loi ;
L'esprit français palpite en vous, et c'est pourquoi
L'étranger vous vénère et la France vous aime !

Ch. GRANDMOUGIN

IMPRESSIONS MAROCAINES
LE PASSAGE DE LA BARRE A RABAT.

La côte marocaine se déroule plate, monotone, déserte.

Parfois quelques rochers, où les lames déferlent ; plus souvent, une plage interminable de sable fin, et, derrière, la ligne jaune ondulée des dunes ; plus loin encore, le bled aride ou bien le maquis broussailleux s'étend sur des vallonnements tout mauves de bruyère.

Ça et là, un marabout, une tombe, un bouquet d'arbres rabougris surgissent dans la solitude.

Et soudain, voici deux villes, si rapprochées et si jumelles qu'elles semblent une seule et même vaste agglomération : les deux antiques rivales, Salé au nord, Rabat au sud, étagent sur les rives du Bou Regreg leurs maisons aux blanches terrasses. C'est un enchevêtrement inextricable de cubes de toutes dimensions, un entrecroisement sans fin d'angles droits et de plans lumineux, monotonie géométrique que seuls viennent rompre quelques dômes trapus et lourds. De rares palmiers, des minarets, se dressent sur cet océan de platras symétriques que domine, au loin, de sa silhouette élégante et vénérable, la tour Hassan.

L'oued Bou Regreg s'élargit en estuaire, et, tandis que, sur la rive droite, une grève unie et basse s'étend jusqu'à Salé, la Casba de Rabat, juchée comme un nid d'aigles sur des rochers abrupts, surplombe la rive gauche du fleuve, et dresse parmi les cactus géants et les aloès aigus, ses remparts délabrés où, dans la brèche des meurtrières, dorment des canons vétustes.

De port, point de traces, à part quelques vagues appontements : les navires mouillent sur la rade à plus d'un mille de la côte. Entre eux et la terre, au point de rencontre des eaux du fleuve et du flux de la mer, la barre s'étend, toute blanche d'écume ; souvent à la mauvaise saison, l'obstacle est infranchissable, et, durant des semaines, la route est coupée. Mais, en été, par une mer calme, la barre s'humanise et n'est plus qu'un agrément pour le voyageur épris de pittoresque.

Les barcasses à bord de quoi s'effectue la traversée, sont d'énormes et inégales chaloupes non pontées, longues d'une quinzaine de mètres, larges et profondes, avec des flancs rebondis et pansus. D'un bord à l'autre, sont jetés des bancs, poutres massives semblant moins des sièges que des barrots pour consolider les membrures. Dans cette coque, informe mais étonnamment flottable et équilibrée, qui monte et descend le long de l'escalier du navire au rythme inégal de la houle, les passagers s'empilent au petit bonheur. Les uns, juchés sur les bancs étroits, les jambes pendantes, constatent avec effroi leur position élevée que l'absence de point d'appui et le balancement rendent critique ; les autres, debout, ont pour tout horizon le bordage ou les reins des gens assis, et trébuchent sur le plancher mouvant et incliné, où les couples et carlingues saillissent comme une ossature ; d'autres encore, préférant le risque d'être écrasés à celui de choir, sont étendus au fond du creux.

Les barcassiers président avec bruit à cet empilement. L'équipage se compose d'une dizaine d'êtres farouches et superbes dans leurs oripeaux aux couleurs criardes et rutilantes sous le soleil, malgré leur saleté : ces grands diables maigres et bruns s'agitent sous leurs loques sans raison apparente. Des paquets de chiffons qui servent de vêtements, sortent des figures ascétiques et fines, tour à tour puériles et féroces, expressives et fermées. Les gestes inutiles se multiplient : les invectives et les ordres se croisent en un sabir étrange où les langues méditerranéennes voisinent avec les orientales ; tout le monde crie et commande, et l'anarchie est à son comble sur la barcasse que la houle balance.

D'où viennent ces hommes et quelle est leur race ? Le savant hésite. Le sang berbère a été si singulièrement mêlé ! Les Arabes ont pénétré par l'Algérie, et, malgré la haute muraille de l'Atlas, les peuplades sahariennes ont envahi l'occident du Maghreb, aujourd'hui véritable mosaïque de tribus. Mais qu'importe la catégorie ethnique dans laquelle on essaye de les ranger : ces gens-là sont sûrement les fils des pirates de l'antique Salé qui, sur leurs chebecs aux voiles latines, donnèrent pendant des siècles la chasse aux navigateurs et écumèrent les côtes barbaresques : ils sont au plus haut point représentatifs d'une race, d'une civilisation et d'une époque. Pacifiques maintenant, et par force, mais identiques à leurs ancêtres ils semblent surgis du passé lointain pour servir de passeurs à l'invasion des roumis.

Mais il s'agit enfin de partir. A l'avant, l'équipage s'installe, et empoigne les avirons. La pelle est longue et étroite; le manche, véritable poutre carrée où deux mains brunes s'agrippent. En cadence, comme des pattes d'insectes, les rames vont et viennent; les rameurs s'arcboutent des pieds sur le banc devant eux, et parfois, pour donner un plus énergique élan, ils se dressent ensemble tout droits, puis retombent, tandis que les pelles passent dans l'eau en pliant. Soudain, ils chantent en chœur, comme à un signal : mais ce n'est pas un chant, ni même une psalmodie : une ou deux notes sur un ton mineur, lamento tragique, long et douloureux, cri d'agonie qui s'exhale crescendo de ces maigres gosiers aux cordes tendues par l'effort. Ce ne sont plus les hardis et féroces pirates des galiotes marocaines, c'est la chiourme souffreteuse qui ahanne sur les galères.

Voici la barre; la houle s'amplifie; la barcasse rebondit de plus belle sur la crête des lames, les rameurs nagent désespérément parmi l'écume, et, sur les bancs étroits, les passagers se serrent peureusement, tels des oiseaux haut perchés sur une branche agitée par le vent.

Lorsqu'enfin, grâce à Allah, que les barcassiers louangent, l'obstacle est franchi, on aborde au petit bonheur dans l'estuaire paisible du fleuve, sur des récifs creusés par les flots, où, parmi les algues et les immondices, courent des crabes. Tout en haut, les canons de la Casba tendent leurs gueules muettes, et çà et là dans les anfractuosités de la paroi rocheuse, quelques mendiants, accroupis dans l'ordure, immobiles, les coudes aux genoux, regardent, indifférents et dignes, l'invasion des infidèles, et attendent stoïquement on ne sait quoi.

E. COUTAUD-DELPECH.

LA TOUR HASSAN

Une piste longe la rive gauche du Bou Regreg, sort de Rabat et remonte en serpentant les hauteurs qui surplombent le fleuve. Le chemin est rude ; non à cause de la montée qui est douce et qui élargit la vue sur Salé et sur l'estuaire, où quelques petits navires sont à l'ancre, mais le sol meuble et sablonneux cède sous les pas ; une poussière rouge, légère, impalpable, s'élève, flotte dans l'air, miroite au soleil, pénètre partout, aveugle, étouffe le piéton, et va se poser couche par couche sur tout ce qui borde le chemin.

Les oliviers, les orangers, les tamaris, les myrtes et les bruyères disparaissent ensevelis sous cette poudre implacable et monotone.

On arrive enfin sur un petit plateau : là dorment, défendues par une vigoureuse floraison de broussailles, les ruines d'une mosquée et la Tour Hassan.

De la première, paraît-il, inachevée, il ne subsiste presque rien ; à peine quelques fondations, quelques pans de murs, mais surtout les vestiges d'un immense portique dont une dizaine de colonnes se dressent encore plus ou moins délabrées, tandis que la plupart gisent, les unes complètement disloquées, ayant dispersé dans leur chute leurs énormes disques de marbre semblables à de gigantesques meules ; les autres ayant conservé parmi les cactus difformes un correct alignement.

A côté de ces ruines lamentables, la Tour Hassan, que le temps a respectée, semble presque jeune, malgré ses sept siècles d'existence. Ses proportions heureuses font oublier sa hauteur, et lui donnent une silhouette élancée, mais non la fragile apparence d'un campanile. Les quatre faces ont évité l'écueil de la monotonie et possèdent chacune une ornementation variée, où, malgré la fantaisie, l'harmonie est complète. Chaque étage possède lui-même une architecture spéciale : le soubassement presque nu ; puis une série d'ogives arabes en fer à cheval ou en arc brisé, différentes de dessins et de proportions ; enfin, dans le haut, des arabesques artistement creusées dans la brique rouge.

A l'intérieur de la tour, s'ouvrent de vastes pièces unies et sombres comme des cachots, et, tout autour, un plan incliné, espèce de couloir en pente douce avec des tournants à angle droit, faiblement éclairé par de rares petites fenêtres, conduit au faîte de la Tour. L'eau, à la saison des pluies, doit y ruisseler largement, car ce couloir est profondément raviné en son milieu : des fondrières se creusent par endroits dans ce sol fait de briques et de terre et, l'obscurité aidant, causent quelques surprises à l'ascensionniste. Arrivé presque au but, une petite escalade sur des saillies de pierres, permet de se hisser sur le mur qui, malgré l'absence de balustrade, offre, avec ses deux mètres et demi d'épaisseur, un promenoir de toute sécurité.

La vue y est incomparable. Tout en bas, au pied des falaises, le Bou Regreg serpente ; au nord, Salé, à l'ouest, Rabat s'étendent semblables à un vaste amoncellement de cubes, d'où émergent quelques casbas et où les cimetières jettent les petites taches claires de leurs pierres tombales. Les murs d'enceinte des deux villes se dressent rectilignes et sombres, dentelés de créneaux et garnis à intervalles égaux de grosses tours carrées. Plus loin, au couchant, la mer scintille, tandis qu'à l'est le regard se perd sur des vallonnements boisés dans la direction de la Mamora et la région des Zaers ; au sud, cité mystérieuse et morte, Chella sommeille parmi les ronces qui étreignent ses remparts et ses ruines.

On a souvent comparé la Tour Hassan à la Giralda de Séville.

Ce sont deux sœurs jumelles, nées sous le même règne almohade : mêmes dimensions, mêmes dispositions et mêmes caractères, sauf des différences de détails et d'ornementation dont la fécondité et la fantaisie des artistes arabes sont prodigues.

Mais, si l'on peut ainsi dire en parlant des objets inanimés, quelle différence de destinée !

Gautier fit dans *Emaux et Camées* se lamenter les deux obélisques de Louxor et de Paris, chacun triste de son sort et envieux de son frère. De même un poète subtil pourrait interpréter à son tour les pensées des deux sœurs arabes. « J'étais née, dirait la Sévillane, dans la capitale d'un grand royaume, au milieu d'un peuple brave, savant et délicat, expert en l'art de sculpter des voûtes de fines stalactites, de grouper harmo-

nieusement les mosaïques et de ciseler des dentelles de pierre.
Je fus bâtie pour servir à observer le mouvement des astres.
Mais les miens ont été chassés du sol où je suis plantée, des enva-
hisseurs sont venus qui se sont emparés de moi et m'ont asser-
vie à leurs besoins. Ils m'ont affublée d'une statue girouette
qui m'a donné son nom. Je sers de clocher à une cathédrale
d'où Allah est banni et autour de quoi des trams électriques
glissent en grinçant. Que n'ai-je pu suivre dans leur destinée les
hommes qui me créèrent ! »

« Je dominai, dirait la Magrebine, une des plus vieilles, des plus
riches et des plus nobles cités de l'Empire. J'ai vu, dans cette
ville sainte et impériale, affluer les richesses, et passer des
dynasties de Sultans. Aujourd'hui, les infidèles m'ont conquise
et, haut dans le ciel au-dessus de moi, les diables français
passent comme de grands oiseaux. »

Toutes les ruines sont mélancoliques qui attestent la fuite du
temps et la fragilité des travaux des hommes. Mais les unes,
dignes et fières, marquent les étapes d'une race en progrès. Plus
tristes, d'autres demeurent, seuls vestiges d'une gloire à jamais
disparue et d'une civilisation morte.

Mais que la Tour Hassan se résigne et se console. Elle domi-
nera plus tard une ville redevenue puissante et prospère : Rabat,
capitale française du Maroc.

E. COUTAUD-DELPECH.

<hr>

REVUE DES LIVRES

Parmi les ouvrages qui tiennent à la fois de l'histoire et de la psychologie militaire, il faut citer l'intéressant recueil de nouvelles publié par M. le général Bruneau sous le titre : *En colonne* [1]. C'est une série de récits de guerre, de chasse et d'exploration du plus vif et souvent du plus poignant intérêt. La vie algérienne ainsi que celle du troupier en campagne y sont retracées avec un coloris saisissant, une grande finesse d'observation et un souci du détail qui n'alourdit en rien l'allure toujours rapide de la narration et du dialogue.

Il y a dans ce volume une quinzaine de chapitres dont le titre seul laisse entrevoir de savoureuses et humoristiques pages, où l'inaltérable gaîté du soldat français s'allie à la froide et perçante observation du chef.

Les souvenirs de l'insurrection kabyle de 1871, le blocus de Djelfa, le combat de l'Oued Charef, le 13 mai 1882, y tiennent une large place et ont toute la précision d'un rapport militaire en même temps que tout l'attrait d'un journal de voyage.

Un chapitre est consacré à la Légion étrangère et met en lumière des aperçus très piquants sur la mentalité de certains aventuriers qui viennent y abriter leurs espoirs de grandeurs romanesques et de conquêtes. M. le général Bruneau nous narre d'une façon fort amusante comment deux légionnaires vinrent lui conseiller de se faire musulman et de ceindre avec leur appui la couronne d'empereur de l'Afrique du Nord.

Les chasses à la panthère et au sanglier sont aussi l'occasion de nous initier aux idées et aux superstitions parfois singulières qui hantent l'esprit des indigènes. Le rallye-paper, en usage dans la cavalerie, le raid d'infanterie, si nécessaire pour occuper d'immenses régions, amènent l'auteur à nous faire des descriptions qui animent singulièrement la monotonie des marches et découpent en tableaux tour à tour riants ou sévères le long ruban de la route.

Des légendes arabes se trouvent aussi rappelées à propos et donnent aux menus faits de chaque jour une sorte de gravité poétique où l'âme musulmane se retrempe pour de sourdes rébellions. L'histoire du sanglier marabout, de l'arbre du cafard, de la *baraka*, de la panthère du

1. Calmann-Lévy, éditeurs, 3, rue Auber, Paris.

Djebel Abd el Kerim, pour ne citer que ce côté épisodique de l'œuvre générale, nous laisse entrevoir tout le parti qu'un observateur peut tirer du contact journalier avec les indigènes.

Le côté dramatique n'est pas non plus négligé et les pages qui ont pour titres : *Le massacre d'un innocent, Entre la vie et la mort* sont d'un effet des plus saisissants.

Le bain de toute une tribu dans les eaux chaudes naturelles d'Ain-Toricha est une vision antique fort bien développée dans le cadre du récit : *Une vision des temps préhistoriques.*

L'attrayante variété de ces feuilles si primesautières, sans préface ni conclusion, fera au livre de M. le général Bruneau un succès du meilleur aloi. Après ses *Récits tragiques de la vie africaine,* ses *Paroles d'un soldat,* ses *Récits de la Guerre de 1870,* il constitue un document nouveau, œuvre d'un témoin oculaire, pour l'histoire si pittoresque de nos troupes algériennes au milieu desquelles il a servi de si longues années et dont il a suivi sur tant de champs de bataille la bonne et la mauvaise fortune. Il les fera aimer davantage en les faisant mieux connaître et en faisant mieux connaître nos précieux et dévoués auxiliaires indigènes, toujours accessibles au prestige du courage, de la justice et de la générosité qu'ils rencontrent dans l'officier français.

M. le capitaine Assollant vient de publier un intéressant opuscule qui a pour titre *Batailles du Mans* [1]. C'est le résumé d'une conférence faite sur le terrain des batailles des 9, 10 et 11 janvier 1871. Une carte très développée accompagne l'ouvrage. Le récit se divise en quatre stationnements. Le premier a lieu au monument d'Auvours, le second à Changé, le troisième au monument du tertre de Changé, le quatrième à La Tuilerie.

Dans un avant-propos, l'auteur explique que le but de ces pages est de permettre à un officier de se documenter rapidement pour parler à ses hommes des événements de ces trois journées. Il ajoute d'ailleurs que, s'adressant à la troupe, celui-ci ne doit pas faire un cours de tactique ou d'histoire. Il donne quelques conseils pratiques pour parler en plein air et pour se placer soit en face de ses auditeurs, soit en arrière, sur un point élevé, laissant ainsi le panorama complètement dégagé.

Enfin il estime que l'étendue du terrain exige qu'Auvours, au centre, et Changé, à la droite, soient occupés successivement. La meilleure solution est de faire deux conférences à des jours différents.

Ce que furent les batailles du Mans, M. le capitaine Assollant le narre avec beaucoup de précision, de concision et de clarté. Il fait remarquer que si 75.000 Allemands à peine furent engagés contre plus

1. Berger-Levrault, éditeurs, 5-7, rue des Beaux-Arts, Paris, 1914.

de 100.000 Français, ces troupes composées en grande partie de soldats du Brandebourg, étaient l'élite de l'armée allemande, tandis que les troupes françaises comptaient un nombre considérable de mobiles et de mobilisés sans aucune instruction militaire. Il fait ressortir que la meilleure volonté est insuffisante quand une longue préparation à la guerre fait défaut et il énumère les motifs de confiance que les troupes françaises actuelles, avec l'organisation nouvelle de nos moyens de défense, doivent avoir en leurs chefs.

Pendant cette conférence une émouvante et patriotique allocution a été adressée à la troupe devant le monument où est inhumé le général Gougeard.

Le triste épisode de l'abandon de La Tuilerie par les six bataillons de mobiles bretons devant une compagnie d'infanterie est présenté avec raison comme une conséquence de l'encadrement défectueux de ces troupes, dont les officiers d'ailleurs étaient nommés à l'élection.

La deuxième armée de la Loire avait accompli en certains points des prodiges de courage et d'endurance auxquels M. le capitaine Assollant s'est plu chaque fois à rendre hommage. Mais, dit-il, c'étaient des actes isolés, sans lendemain. « Il manquait à cette armée une instruc- « tion militaire solide et des chefs préparés à leur tâche. »

Il termine en demandant à tous d'honorer la mémoire de nos devanciers dont le sang a coulé sur ce terrain et, sans oublier le passé, de regarder avec fermeté vers l'avenir.

Cet ouvrage, qui sera pour tous un guide commode sur le champ de bataille du Mans, a été dédié à M. le général Boëlle, commandant le 4e corps d'armée, au Mans.

M. Émile Nolly, l'auteur du remarquable volume : *Gens de guerre au Maroc*, vient de publier un roman qui fera sensation : *Le Chemin de la Victoire* [1]. C'est une étude très intéressante sur la psychologie de l'officier moderne. Sorti comme tant d'autres de Saint-Cyr, sans avoir la vocation et la foi en son métier, cet officier, envoyé en Indo-Chine, se trouve en contact avec la vie de sacrifice où il doit faire appel à toute son énergie pour résister aux épreuves de la rude existence qu'il mène. Il est obligé de retrouver dans le sentiment du devoir l'enthousiasme qui lui est nécessaire pour triompher de toutes les défaillances auxquelles son caractère l'expose.

Pour mieux faire ressortir les difficultés de cette lutte, l'auteur suppose que le jeune officier doit résister aux séductions d'un amour pervers qu'il a conçu pendant les loisirs de la vie de garnison, dans ces régions troublantes où les passions s'enveloppent pour l'Européen de tout l'attrait de l'inconnu et de tout le rêve d'une civilisation antique, à la fois mystique, sensuelle et cruelle.

1. Calmann-Lévy, éditeurs, 3, rue Auber, Paris.

Ce thème est pour l'auteur l'occasion d'intéressants développements sur les idées, les coutumes et les mœurs de l'Extrême-Orient et en particulier de nos possessions indo-chinoises. Il y a de fort belles pages de descriptions dans ce volume et aussi des dialogues rapides et pathétiques. On peut citer une scène fort émouvante où l'officier, retenu depuis longtemps par la maladie à l'hôpital de Saïgon, reçoit la visite de son général qui vient s'asseoir à son chevet et s'efforce de remonter son courage en lui donnant lecture d'une lettre qu'il a reçue de sa mère. Nous trouvons plus loin le tableau très dramatique d'une fumerie d'opium où viennent sombrer dans la nuit des paradis artificiels l'intelligence égarée et la volonté encore trop chancelante du jeune officier.

Nommé au commandement d'une compagnie de tirailleurs comprenant cent cinquante indigènes dont toute l'éducation militaire est à faire, il comprend qu'il faut sortir de l'énervement et du rêve et se remettre à l'action. Une nouvelle phase d'existence commence et donne lieu à d'attachantes pages sur les campagnes continuelles où nos troupes sont engagées et sur les combats fréquents qu'elles ont à soutenir. Au milieu de ces mouvements incessants, le héros du roman trouve le temps de s'attacher à l'étude de la grammaire annamite et traduit des fragments de contes que l'interprète corrige le lendemain. Il se livre aussi au sport et nous voyons un jeu de tennis s'improviser dans une prairie voisine du camp. Un tel changement devient véritablement pour lui le chemin de la victoire.

Elle ne sera complète que quand l'officier aura compris par les lettres qu'il reçoit fréquemment d'Europe, que ces conquêtes d'empires taillés en Asie ou en Afrique ne sont qu'un entraînement et une préparation à la conquête peut-être lointaine, peut-être très proche, du sol que ses pères n'ont pas pu conserver. C'est en Europe, c'est sur les frontières françaises qu'il devra rapporter un jour toutes les vertus qu'il aura acquises sur les frontières souvent indécises de nos colonies. Une pensée de confiance dans des triomphes futurs termine ainsi cette délicate étude de psychologie.

Sur la Lande (flâneries militaires) [1], par M. Ludovic de Guillebon, est le récit d'un séjour au camp de Coëtquidan, bien connu dans la région de l'Ouest. Il est entouré de vastes landes où des ravins encaissés au milieu de rochers sauvages présentent les aspects les plus pittoresques.

Durant les loisirs que lui laissait son service, un officier nota les réflexions que lui suggérait la vie quotidienne d'un régiment installé sous la tente, dans un camp d'instruction.

Il assista à des discussions fort intéressantes sur des sujets d'actua-

1. Bernard Grasset, éditeur, 61, rue des Saints-Pères, Paris.

lité. C'étaient tour à tour la menace perpétuelle d'une guerre, la perturbation qu'une mobilisation jetterait dans la population civile, l'insuffisance du sentiment national, les lacunes dans l'éducation de la jeunesse, le peu de résultat de l'instruction donnée aux illettrés à la caserne, le rôle de l'officier dans la vie moderne qui attiraient son attention. Il eut aussi à envisager le problème de conscience amené par un acte d'espionnage. Il fit enfin des comparaisons instructives entre la vie militaire actuelle et la vie militaire au xviiiᵉ siècle.

L'ouvrage est divisé en chapitres portant chacun une date. On y trouve quelques descriptions des parties les plus curieuses et les moins connues de la Bretagne, en particulier de la légendaire forêt de Paimpont. Il est conçu dans un esprit optimiste et réconfortant et fait justice de certaines théories antimilitaristes qui avaient cours dans ces dernières années. Il reconnaît qu'elles sont restées à l'état d'utopies et n'ont pas eu d'action sur la discipline.

L'auteur nous apprend dans son avant-propos que l'officier en question est un de ses amis, capitaine-commandant au 70ᵉ régiment d'artillerie, qui mourut peu après lui avoir remis les notes qui font la trame de ce volume. C'est dans une pensée pieuse autant que dans l'intérêt du public qu'il a voulu les recueillir. Elles ne contiennent d'ailleurs aucune discussion technique. Écrites dans un style coulant et imagé, elles ne peuvent que plaire au lecteur et répandre le goût en même temps que la connaissance de la vie militaire.

M. Jules Armengaud vient de publier, sous le pseudonyme de Géo d'Arnem, un petit poème satirique intitulé *Le Secret professionnel* [1]. L'auteur ne traite pas à proprement parler du devoir professionnel dans sa généralité, mais d'un certain nombre de cas dont beaucoup se rattachent à l'actualité. Il le fait d'une façon humoristique qui ne peut blesser aucune susceptibilité. Dans une courte préface, intitulée *Avertissement pour mes Intimes*, il déclare se borner surtout aux actes « qui comportent un secret dont la révélation est de nature à avoir « les plus graves conséquences, allant jusqu'à faire périr des innocents « et à engendrer de véritables catastrophes ! » Il explique également diverses modifications de métrique et de prosodie qui se rencontrent dans ses vers.

Charles FUINEL.

---

1. François-Clèdes, imprimeur-libraire, 2, rue Saint-Vincent, Salies de Béarn, 1914.

REVUE ARTISTIQUE

M. Balleyguier a été chargé de faire dans le département du Doubs des relevés destinés à un futur classement comme monuments historiques d'édifices remontant à l'époque de l'occupation espagnole.

A la suite du voyage qu'il fit récemment en Roumanie, pour l'inauguration du monument au prince Barbo Stirbey, M. Lecomte du Noüy a reçu du Conseil des Ministres de Roumanie la commande d'un buste destiné à représenter *La Roumanie triomphante à la fois dans la paix et dans la guerre.* L'œuvre est maintenant achevée et portera inscrits sur son socle deux faits mémorables de l'histoire de Roumanie : *Plewna,* qui est le triomphe dans la guerre, et le *10 août 1913,* qui est le triomphe dans la paix, à la suite du traité de Bucharest. Au milieu de la cuirasse que porte le buste allégorique de la Roumanie, on lit la devise du roi Carol Ier : *Nihil sine Deo.*

M. Lecomte du Noüy vient également d'achever une plaque commémorative où il est représenté dans un médaillon avec son frère, architecte en Roumanie. Au bas du médaillon, une figure symbolique représente l'architecture tenant un rouleau sur lequel sont inscrites les œuvres des deux frères. A gauche est la sculpture, avec ses attributs, et à droite la peinture. Près de chacune des trois figures est respectivement gravé un des trois mots : *scientia, ars, visio.*

M. Lecomte du Noüy a aussi une très intéressante médaille en bronze gravée à l'effigie du prince *Stirbey.*

M. Poilpot terminera dans le courant de 1914 son grand tableau destiné à commémorer le souvenir de la mort du peintre Henri Regnault et qui doit figurer au *Musée de Versailles,* après avoir été exposé à l'École des Beaux-Arts.

M. Lucien Mouillard a envoyé à la quatorzième exposition du *Salon d'Hiver* quatre toiles, dont deux natures mortes, un sujet militaire et un sujet algérien. Les deux natures mortes, d'un coloris frais et varié, d'un dessin abondant en fins détails, ont pour titres *Fruits de la Perse,* où domine la teinte ambrée du raisin, et *Fruits de la Chine,* aux tonalités plus vives et plus exotiques. Le sujet algérien a pour titre *Hammam à Biskra.* C'est un intérieur de salle de bain, où sont relevées avec un soin particulier toutes les richesses de la mosaïque, des dorures et des marbres. Le sujet militaire s'intitule *Combat du 21 octobre 1870, à la porte de Lonboyau.* Il représente la batterie du capitaine Nisme sauvant sa dernière pièce au moment de la retraite. Le capitaine est à cheval, donnant des ordres. Quelques zouaves demeurent en tirailleurs en avant. En face d'eux, les Allemands, embusqués derrière la porte en bois et la muraille, laissent apercevoir les pointes de leurs baïonnettes et leurs casques. Au fond, le paysage des bois de Buzenval se déroule en coloris léger, laissant voir au delà du champ de bataille son clair et paisible horizon. Cette toile, de dimensions un peu restreintes, n'est en réalité qu'un projet de tableau de plus grandes dimensions. L'étude des costumes est particulièrement soignée.

M. Jean-Baptiste BELLOC a envoyé à l'exposition du *Cercle artistique et littéraire* un marbre et un bronze. Le marbre, avec des lignes classiques de beaucoup d'allure et de finesse, a pour titre *Buste de Mme Gelé de Francony*. Le bronze est intitulé *Guerrier marocain*. Appuyé sur sa lance, les jambes nues, des pistolets et des poignards à sa ceinture, la tête enveloppée d'un turban à demi déroulé, ce guerrier est d'une silhouette tout à fait originale et prenante. Les lignes se découpent bien et les plis irréguliers du vêtement donnent l'impression de la vie et du mouvement. La physionomie a de l'expression, l'attitude est aisée et l'ensemble constitue une étude fort curieuse et fort intéressante du type marocain.

M. Belloc termine en ce moment son important monument *A la gloire de l'expansion coloniale française sous la troisième République*.

On remarque également à l'exposition du *Cercle artistique et littéraire* un *portrait de M. le général Michel, gouverneur militaire de Paris*, par M. Georges CLAUDE. Ce portrait représente M. le général Michel en grande tenue. Sur le fond on aperçoit la perspective de l'Hôtel des Invalides. L'effet est des plus heureux et donne par ses tonalités sombres du relief au vif coloris de l'uniforme.

Sous la haute direction de M. le général NIOX, le *Musée de l'Armée* acquiert sans cesse par de nouveaux dons des œuvres d'une grande valeur historique et artistique. C'est ainsi qu'on vient de placer dans la salle de la section historique un magnifique portrait du *Prince de Joinville*, par *Winterhalter*, portrait qui a été offert par Mme la duchesse de Chartres. Ce don était accompagné de six aquarelles, qui sont l'œuvre du prince lui-même, dont le beau talent de peintre est connu.

L'une représente la *Revue du premier régiment de zouaves et du premier escadron de chasseurs algériens*, aujourd'hui chasseurs d'Afrique (1831); la seconde, les *Funérailles du général comte de Damrémont*, à Constantine, en 1837; la troisième, le *Retour de la compagnie franche de Bougie*; la quatrième, la *Prise de Mogador* en 1844; les deux dernières se rapportent à la guerre du Mexique : le

Combat de la Vera-Cruz et le *Départ pour la surprise* de cette dernière ville.

Ces aquarelles présentent un puissant intérêt au point de vue historique et au point de vue iconographique.

M. le baron TUPINIER, sous le pseudonyme de *Henri Baraude*, a exposé au *Salon des Indépendants* trois aquarelles intitulées : *Venise.* D'un sobre et fin coloris, aux nuances fort délicates, elles représentent trois perspectives prises à l'intérieur de la ville. Les fraîches tonalités de l'eau font ressortir sur un ciel pur les clochetons, les ponts et les palais. Tous les détails de l'architecture se détachent dans un relief à la fois léger et précis qui donne beaucoup d'intérêt à ces études.

A la *Société des Aquarellistes français* figure l'esquisse du portrait de M. le général MICHEL, gouverneur militaire de Paris, par M. Georges CLAUDE. Le portrait en grandeur naturelle a été précédemment exposé au *Cercle artistique et littéraire.*

Pour l'exposition du *Cercle Militaire*, si réussie par la qualité en même temps que par le nombre des peintures et des sculptures, qui s'élève à plus de 250, M. le Lieutenant-Colonel SAFFROY a envoyé trois tableaux : *Cheval de ferme*, étude intéressante et vigoureuse, *Délaissée*, très fine étude de jeune fille, et *Les Grandes Ornières*, paysage bien en lumière et d'une large perspective. M. le colonel DELAXNOY a envoyé une peinture *Bords de Sèvre près Niort*, d'une très heureuse tonalité, et une fraîche aquarelle, *Café Maure à Sousse (Tunisie).* M. POILPOT expose un pastel plein de mouvement et d'une lumineuse perspective, *Bataille des Pyramides.* M. le général MICHEL., gouverneur militaire de Paris, a envoyé un dessin rehaussé d'une grande sûreté d'exécution, *Chardon du plateau de Malzéville (Nancy).* Il a dans cette même exposition son *Portrait*, par M. Georges CLAUDE, qui a été fort remarqué. Dans la sculpture, M. le baron DE CONTENSON a *Portrait du Comte de C...*, buste en plâtre de beaucoup d'expression et d'une grande distinction dans la fermeté sobre des lignes. M. le commandant COMMENT expose un ensemble de *Neuf petites études de paysage* d'une fraîche et délicate harmonie. Il a également deux peintures du plus heureux effet, *Clairière dans les bois de Nemours* et *La Seine vue du Pont de Saint-Assise (Seine-et-Marne).*

A l'*Automobile-Club* de France, M. LECOMTE DU NOÜY a envoyé un fin et lumineux portrait qui a pour titre *Célimène* et pour sous-titre : « Puis-je empêcher les gens de me trouver aimable ? » — (Molière). Il a également envoyé le buste en bronze *Romania*, destiné à S. M. le roi de Roumanie et qu'on a déjà pu admirer dans son atelier.

Au salon de la Société des Artistes Français, M. LECOMTE DU NOÜY a envoyé deux fragments d'une décoration : *Célimène*, tableau qui a figuré au Salon de l'Automobile-Club, et *L'Orientale*, tableau destiné à lui faire pendant, œuvre d'un fin modelé et d'une délicate tonalité.

Il a envoyé pour la sculpture *La Roumanie triomphante*, buste en bronze, et *André Lecomte du Noüy, architecte correspondant de l'Institut*, buste en plâtre appartenant à la fondation Carol de Bucarest.

Portrait du général Pau, par M. Many-Emmanuel-Michel BENNER, a été une œuvre très remarquée et très appréciée, ainsi que *Portrait de M. le général Michel, gouverneur militaire de Paris*, par Georges-Victor CLAUDE.

Il faut également noter dans la sculpture M. CHARLES LALLEMAND, *membre de l'Académie des Sciences*, par M. Corneille-Henri *Theunissen*, buste en marbre.

M. le baron TUPINIER doit exposer dans un prochain salon parisien un certain nombre d'aquarelles prises à Bourges et dans les environs.

A l'exposition des Amis des Arts de Seine-et-Oise, M. BELLOC a deux envois : *Frayeur*, groupe en marbre d'un fin modelé et d'une heureuse expression de terreur enfantine ; *Tanguette*, buste en marmoréïne, délicate étude de physionomie, d'un caractère très sobre et très vivant.

CHARLES FUINEL.

CHRONIQUE
DE LA PLUME ET L'ÉPÉE

(*Juin 1913. — Août 1914*).

A. — ASSEMBLÉE GÉNÉRALE ORDINAIRE ANNUELLE DU 17 DÉCEMBRE 1913.

Sont présents : MM. le vice-amiral FOURNIER, *président* ; ALFRED DUQUET, *vice-président* ; LÉON MOUCHOT, *secrétaire général* ; le baron DE CONTENSON, *trésorier* ; BIARD D'AUNET, le général DALSTEIN, le colonel DELANNOY, PAUL FONTIN, le général baron REBILLOT, le commandant SCHMOLL, membres du Comité ; MM. ARDOUIN-DUMAZET, les commandants BALLEYGUIER et BERNARD-WOLFF, le colonel BERTHELOT, le commandant BERTRAND, le lieutenant BIENAYMÉ DE LA MOTTE, le commandant LUCIEN BLIN, le lieutenant MARCEL BLIN, le commandant BUIZARD, le général BRUNEAU, FRANÇOIS CAQUET, le colonel CHEVALME DE KÉRÉON, le général COUSIN, le lieutenant COUTAUD-DELPECH, le capitaine DAUTEL, le docteur DEHENNE, le général DELANNE, les commandants DENNERY et

Dollfus, le lieutenant Dubuffet, le général Duchesne, le colonel vicomte Fleury, le lieutenant Frank-Puaux, Charles Fuinel, Charles Grandmougin, le commandant de la Tour, le capitaine breveté Laur, le général Lebas, le capitaine de vaisseau Lejay, le général Mangin, le commandant Paul Marin, Georges de la Marnierre, le général Michal, le général Michel, gouverneur militaire de Paris, le lieutenant-colonel Mordacq, le chef d'escadron Mortureux, le lieutenant Georges Mouchot, le capitaine Fabien Mougenot, le capitaine Olivier, le commandant Painvin, le général Parisot, Lucien Paté, le capitaine breveté Pineau, Poilpot, président général de la Société des médaillés militaires, le commandant Riberette, le commandant Sandras, le médecin inspecteur Schneider, Ternaux-Compans, le commandant de Thomasson, le lieutenant René Thorel, le commandant baron Tupinier, Paul Wolff et le commandant Wormser.

La séance est ouverte au cercle militaire à 18 heures 30, sous la présidence de M. le vice-amiral Fournier. Le procès-verbal de l'Assemblée générale ordinaire annuelle du 18 décembre 1912 est adopté sans observations.

Les comptes du trésorier sont approuvés à l'unanimité de cinquante-deux votants.

L'amiral-président exprime ses regrets de la perte du baron Textor de Ravisi, du lieutenant-colonel de Missy, du commandant Schœngrün et du célèbre maître d'armes Kirchhoffer, décédés au cours de l'année. Puis il rappelle les brillantes admissions de 1913, celles de MM. le vice-amiral de Jonquières, membre du conseil supérieur de la Marine et, en même temps que délicat et spirituel poète, sculpteur de beaucoup de talent; Henri Galli, ancien président et actuellement encore membre du conseil municipal de Paris; le capitaine breveté Laur; le lieutenant de réserve Coutaud-Delpech, écrivain et conférencier, le comte de Labry; le lieutenant-colonel Paul Renard, qui a rendu de si grands services au parc aérostatique de Chalais-Meudon et publié de savants ouvrages; le médecin inspecteur Schneider; le vicomte de Saint-Geniès, l'écrivain connu qui signe *Richard O' Monroy*; le lieutenant Pierre Corbin, historien de la politique extérieure de la France; le capitaine Clerc-Rampal, l'auteur de *Trois siècles de guerre navale* et de *La Mer*; l'excellent et fécond romancier Henry Bordeaux, le marquis de La Ferronnays, Pavie, le célèbre explorateur de l'Indo-Chine française et du Siam, le capitaine Detanger, dont les premières œuvres, publiées sous le nom d'*Émile Nolly*, furent justement remarquées; le général Charles Mangin, l'un des illustres conquérants du Maroc; le général Duchesne qui donna Madagascar à la France; le capitaine Guignard, l'un des promoteurs de la création des troupes noires.

Il est ensuite procédé à l'élection de cinq membres du Comité, en remplacement de MM. JULES ARMENGAUD, le baron DE CONTENSON, le général GEORGES LEBON, le général baron REBILLOT et le général VIEILLARD, dont le mandat de trois années a pris fin.

M. le baron DE CONTENSON, *trésorier en fonctions*, est rééligible, d'après l'article 5 des statuts, modifié par l'Assemblée générale extraordinaire du 21 décembre 1910.

Nombre total des Membres de la Société : 189.

Nombre de votants exigé par les statuts : $\frac{189}{4} = 48$.

Nombre de votants : 52.

Majorité absolue : 27.

Ont obtenu : MM. ÉMILE BERTIN............................ 52 voix.

le baron DE CONTENSON............. 52 —

le général de division COUPILLAUD. 51 —

le général de MAINDREVILLE....... 51 —

TERNAUX-COMPANS................ 51 —

Ces cinq candidats sont proclamés élus.

MM. le colonel CHEVALME DE KÉRÉON et le lieutenant-colonel WALEWSKI, qui n'étaient pas candidats, obtiennent chacun 1 voix.

La séance est levée à 19 heures 40.

B. NÉCROLOGIE.

Quelques jours après la publication de notre précédent numéro, le lieutenant KIRCHHOFFER, le célèbre professeur d'escrime, membre titulaire de *La Plume et l'Épée*, mourait subitement, à Paris, à l'âge de 39 ans, succombant à la cruelle maladie qui avait nécessité, il y a deux ans, la double amputation de ses extrémités inférieures.

Élève de Vigeant et incomparable champion du fleuret, dont il était l'un des plus illustres adeptes, il représenta toujours triomphalement l'escrime française à l'étranger. A Buenos-Ayres, à Londres, en Italie, en Roumanie, en Espagne, en Portugal, il émerveilla les professionnels et les amateurs par son jeu savant et brillant entre tous.

Ses obsèques eurent lieu à Saint-Jacques-du-Haut-Pas, le 3 juillet 1913, au milieu d'une affluence considérable d'admirateurs et d'amis. Parmi les nombreuses couronnes offertes à la mémoire du Maître, « *La Plume et l'Épée* » se fit un devoir d'envoyer la sienne, et M. ALFRED DUQUET, vice-président, en l'absence de l'amiral FOURNIER, président, éloigné de Paris, prononça un discours au nom de la Société.

Une délégation d'officiers rendit les honneurs militaires à Kirchhoffer, *Chevalier de la Légion d'honneur.*

La Plume et l'Épée a perdu l'un de ses plus illustres membres fondateurs, Jules Claretie, membre de l'Académie française, administrateur général de « La Comédie française », décédé le 23 décembre 1913 ; il venait d'être élevé à la dignité de grand-officier de la Légion d'honneur. L'amiral Fournier, président, la plus grande partie du Comité et de nombreux membres de *La Plume et l'Épée* ont assisté à ses obsèques ; une couronne funéraire avait été envoyée au domicile du défunt au nom de la Société.

C. Admissions par le Comité.

Séance du 11 juin 1913. — Sont admis en qualité de *Membres titulaires,* sur la présentation de MM. le général baron Rebillot et le baron de Contenson :

M. le vicomte de Saint-Geniès (*Richard O' Monroy*), ancien capitaine commandant au 10e cuirassiers, ancien attaché au 2e bureau de l'État-Major général et à la section historique au Ministère de la Guerre, auteur de cinquante-trois volumes publiés chez Calmann-Lévy, de neuf ouvrages dramatiques et de trois ballets représentés à Paris, titulaire de la Médaille de 1870, officier d'Académie et décoré de cinq ordres étrangers.

Sur la présentation de MM. le vice-amiral Fournier et Alfred Duquet :

M. Pierre Corbin, lieutenant de réserve au 60e régiment d'infanterie, licencié ès lettres et en droit, auteur de l'*Histoire de la politique extérieure de la France*, dont le premier volume a été publié à la librairie Félix Alcan.

Sur la présentation de MM. Albert Glandaz et Léon Mouchot :

M. Clerc-Rampal, capitaine de réserve au 10e régiment d'infanterie, auteur de *La Navigation à la portée de tous* (Challamel, éditeur, 1909) ; *Trois siècles de guerre navale* (Délagrave, éditeur, 1912) ; *La Mer,* Larousse, éditeur, 1913) ; *Mémoires* à l'Association technique maritime ; *Conférences* à l'Institut maritime, à l'Institut océanographique, à l'école d'instruction d'infanterie de l'École militaire (Officiers subalternes).

Sur la présentation de MM. le comte de Blois et le baron de Contenson :

M. Henry Bordeaux, officier de réserve, auteur de vingt volumes publiés chez Perrin et Cie et chez Plon, Nourrit et Cie, chevalier de la Légion d'honneur, chevalier de l'ordre de Léopold Ier.

En qualité de *Membre adhérent,*

Sur la présentation de MM. le baron de Contenson et le comte Louis de Blois :

M. le marquis DE LA FERRONNAYS, lieutenant de cavalerie démissionnaire, député de la Loire-Inférieure, auteur d'articles de journaux et de nombreux rapports au Conseil général de la Loire-Inférieure.

En qualité de *membre honoraire*,

Sur la présentation de MM. l'amiral FOURNIER et ALFRED DUQUET :

M. PAVIE, ministre plénipotentiaire de 1ᵣₑ classe en retraite, explorateur de l'Indo-Chine française et du Siam ; auteur de la carte de l'Indo-Chine française au millionième et au deux millionième et de *La Mission Pavie* (1889-1894), dix volumes publiés à Paris chez l'éditeur Leroux.

En outre, le comité nomme *membre titulaire* M. TERNAUX-COMPANS, membre adhérent depuis 1911, auteur de l'intéressant ouvrage intitulé *Le général Compans* (1769-1845) récemment publié à la librairie Plon, Nourrit et Cⁱᵉ.

SÉANCE DU 8 OCTOBRE 1913. — Est nommé *membre titulaire*, sur la présentation de MM. le baron DE CONTENSON et le comte LOUIS DE BLOIS :

M. ÉMILE DÉTANGER (*Émile Nolly*), capitaine d'infanterie coloniale, attaché au cabinet du ministre des colonies, auteur de *Hién le Maboul, le Borgne annamite, Gens de guerre au Maroc* (C. Lévy, éditeur), *À plein cœur* (publié par *le Figaro*) ; titulaire de la médaille du Maroc, officier d'Académie, décoré de l'ordre hafidien, lauréat de l'Académie française (Prix littéraire Monthyon, 1909), et de *La Vie heureuse* (Voyages, 1913, et Vie sociale, 1913).

SÉANCE DU 12 NOVEMBRE 1913. — Le Comité enregistre l'admission par acclamation au dîner du 15 octobre précédent et en qualité de *membre titulaire*, de M. le général de brigade CHARLES MANGIN, commandeur de la Légion d'honneur, auteur de : *A propos de lectures récentes, Le monde et la guerre russo-japonaise*, Lavauzelle, 1906, et de *La Force noire*, Hachette, 1910 ; d'*Articles* dans *la Revue des Deux Mondes* et *la Revue de Paris* ; de *Conférences* à l'École des sciences politiques, à l'*Alliance française*, à la *Société de géographie* sur *la question des troupes noires*.

SÉANCE DU 10 DÉCEMBRE 1913. — Le Comité enregistre l'admission par acclamation, en qualité de *membre titulaire*, de M. le général de division DUCHESNE, ancien membre du conseil supérieur de la guerre, ancien commandant en chef du corps expéditionnaire de Madagascar, maintenu sans limite d'âge dans la première section de l'État-Major général de l'armée, Grand-Croix de la Légion d'honneur, décoré de la médaille militaire.

Il prononce ensuite l'admission en qualité de *membre titulaire*, sur la présentation de MM. le général CHARLES MANGIN et le comte LOUIS DE BLOIS, de M. le capitaine de réserve GUIGNARD, capitaine d'infanterie coloniale démissionnaire, chevalier de la Légion d'honneur, titulaire de la médaille coloniale « Soudan » et « Afrique occitale française », auteur de l'ouvrage intitulé *Les premières cartouches* (A. Fayard, éditeur); Collaborateur de *La Revue de Paris*, de *La Grande Revue*, de *La Revue hebdomadaire*, de *La Nouvelle Revue*, de *l'Opinion*, de *La Vie*, de *l'Armée coloniale*, du *Mois colonial et maritime*, de *La Revue anthropologique*, du *Journal des Voyages*, de *La Revue du Mois*, de *La Revue indigène*, de *La Quinzaine coloniale*, du *Bulletin de l'Afrique française*.

SÉANCE DU 14 JANVIER 1914. — Le Comité enregistre l'admission en qualité de *membre titulaire*, de M. ALBERT CARRÉ, administrateur général de la Comédie française, lieutenant-colonel de l'armée territoriale, officier de la Légion d'honneur, nommé par acclamation au dîner du 17 décembre 1913.

SÉANCE DU 11 MARS 1914. — Sont admis en qualité de *membres titulaires*, sur la présentation de MM. le colonel vicomte FLEURY et le baron DE CONTENSON :

M. le contrôleur général ALOMBERT, ancien capitaine à la section historique de l'état-major de l'armée, auteur des ouvrages intitulés : *Le corps d'armée aux ordres du maréchal Mortier (campagne de l'an 14)* et *Campagne de 1805 en Allemagne* (en collaboration avec le lieutenant-colonel COLIN) ; trésorier de *La Sabretache* ; officier de la Légion d'honneur, officier de l'instruction publique.

Sur la présentation de MM. TERNAUX-COMPANS et le baron DE CONTENSON :

M. le commandant SADI CARNOT, chef de bataillon de réserve, auteur de : *Histoire du Régiment lyonnais*, *Le drapeau du 27e Régiment d'infanterie*, *L'emprisonnement de Carnot*, *Guerre de 1870-1871 : Forces de 2e ligne*, *Histoire des Volontaires de la Côte-d'Or*, collaborateur de *l'Intermédiaire des chercheurs*, membre de la *Société Éduenne*, etc.

Sur la présentation de MM. le vice-amiral FOURNIER et ÉMILE BERTIN :

M. l'enseigne de vaisseau CONNEAU (en aviation *André Beaumont*), auteur de *Mes trois grandes courses* (librairie Hachette) ; chevalier de la Légion d'honneur, chevalier des Saints Maurice et Lazare.

Sur la présentation de MM. les Commandants BERTRAND et PAINVIN :

M. le lieutenant de réserve ÉMILE DUPUY (en littérature *Jean Menneval*), directeur du service de la politique étrangère et de la politique intérieure au journal *Excelsior*, collaborateur de *La France*, du *Tour du Monde*, *La Défense nationale*, *O Dia* (Rio-de-Janeiro), etc..., auteur des ouvrages intitulés : *Américains et Barbaresques*, *Comment nous avons conquis le Maroc* ; *Les fauves de l'Afrique photographiés chez eux*, etc..., chevalier de la Légion d'honneur, deux fois lauréat de l'Académie française et de l'Institut (Académie des sciences morales et politiques (1908), prix Saintour), officier d'Académie, chevalier du Mérite Agricole, commandeur du Nicham-Iftikhar, commandeur d'Isabelle-la-Catholique, etc.

Sur la présentation de MM. le vice-amiral FOURNIER et le colonel CHEVALME DE KERÉON :

M. le général de division LÉON DURAND, ancien membre du Conseil supérieur de la guerre, collaborateur du journal *Le Temps*, grand officier de la Légion d'honneur.

Sur la présentation de MM. le vice-amiral FOURNIER et le baron DE CONTENSON :

M. le capitaine Parnet (en littérature *Francisque Parn*), du 26ᵉ bataillon de chasseurs, membre titulaire de la Société des Gens de Lettres, auteur de : *Cœurs sauvages* (nouvelle) ; *Les semeurs de vent* (roman) ; *En silence* (roman) ; *Sicontrou pêcheur* (roman) ; de contes et nouvelles parus dans *l'Illustration*, *Les Lectures pour tous*, *Le Monde moderne*, et d'études militaires : *Le pas du fantassin*, *Un ennemi apparaît*, *Historique sommaire des chasseurs à pied*, chevalier de la Légion d'honneur.

Sur la présentation de MM. TERNAUX-COMPANS et le baron DE CONTENSON :

M. le marquis DE ROCHEGUDE, capitaine de cavalerie démissionnaire, auteur de *Guide pratique à travers le Vieux Paris* (Hachette, 1903, 1ʳᵉ édition) et de *Promenades dans toutes les rues de Paris*, 20 volumes (Hachette, 1910).

SÉANCE DU 8 AVRIL 1914. — Sont admis en qualité de *membres titulaires*,

Sur la présentation de MM. le général ARCHINARD et le colonel CHEVALME DE KERÉON :

M. le capitaine de réserve MÉRA, breveté de l'état-major, officier d'infanterie coloniale en retraite, affecté à l'état-major de la 13ᵉ région, lauréat de la Société de géographie, auteur de diverses études sur *Les colonies allemandes*, sur *L'infanterie de marine allemande*, sur *Les manœuvres alpines* ; d'une étude sur *Les Anglais en Egypte (administration de lord Cromer)* ; *Un ignoré : le lieutenant Grillières* (L. Fournier, éditeur) ; de *Nietzsche et ses pensées sur la guerre* ; chevalier de la Légion d'honneur, titulaire des médailles de Madagascar et de Chine ; chevalier de l'ordre royal du Cambodge, chevalier de Sainte-Anne de Russie, honoré d'une lettre de félicitations du Ministre.

Sur la présentation de MM. le vice-amiral FOURNIER et le Commandant BACQUET :

M. le lieutenant-colonel SAUVAGE, du 132ᵉ régiment d'infanterie, breveté d'état-major, auteur de *La guerre sino-japonaise (1894-1895)*, Chapelot, éditeur, 1897 ; *La Chine, expansion des grandes puissances en Extrême-Orient (1895-1898)*, Chapelot, 1903 ; *Le*

Transsibérien, Chapelot, 1904 ; chevalier de la Légion d'honneur, titulaire de la médaille de Chine, officier d'Académie, chevalier du Mérite agricole, officier de l'ordre du Cambodge, chevalier du Dragon de l'Annam, officier du Nicham Iftikhar, chevalier de 3ᵉ classe de Sainte-Anne de Russie et de l'ordre de Bulgarie, lettre de félicitations du ministre pour l'ouvrage intitulé *La guerre sino-japonaise* ; et en qualité de *membre adhérent*, sur la présentation de MM. les commandants PAINVIN et BERTRAND :

M. Théodore BERGER-LEVRAULT, sous-lieutenant de réserve au 37ᵉ régiment d'infanterie, éditeur militaire.

SÉANCE DU 10 JUIN 1914. — Sont admis, en qualité de *membre titulaire*, sur la présentation de MM. le capitaine OLIVIER et le lieutenant BIENAYMÉ DE LA MOTTE, M. l'ingénieur en chef de la marine MARBEC, auteur de *Quatre Mémoires* couronnés par l'*Académie des sciences* en 1896, 1901, 1909 et 1912, d'*Articles scientifiques*, de *Conférences* à la *technique moderne* et à l'*École polytechnique*, d'un mémoire à l'Institution des *Naval Architects* à Londres en 1911, de *Cours* divers professés à l'*École du génie maritime*, collaborateur du *Bulletin des travaux des officiers* ; chevalier de la Légion d'honneur, officier de l'instruction publique, chevalier du Mérite agricole, commandeur du Nicham-Iftikhar, chevalier de Saint-Charles, officier du Mérite naval d'Espagne, membre de l'Académie des Sciences de Portugal, membre de la Société de géographie de Lisbonne ; et, en qualité de *Membre adhérent*, sur la présentation de MM. le général DE LACROIX et le lieutenant colonel BECQUEY-BEAUPRÉ :

M. le commandant SPILLEUX, chef d'escadron d'artillerie breveté en retraite, ancien professeur à Saint-Cyr et à l'École supérieure de guerre, auteur d'*Articles* dans *Le Correspondant*, *La Revue française* la *Revue militaire suisse*, la *Nature*, l'*Éclair*, la *Vie au grand air*, l'*Écho de Paris*, l'*Autorité*, l'*Opinion*, directeur du *Bulletin de la Société des Amis de l'École polytechnique*, chevalier de la Légion d'honneur, officier d'Académie.

D. NOMINATIONS.

M. le général AUBIER, commandant la brigade de cavalerie du 20ᵉ corps d'armée a été promu *général de division* et nommé au commandement de la 8ᵉ division de cavalerie, à Dôle.

M. le contrôleur général CHAUMONT a été promu *contrôleur général de 1ʳᵉ classe*, mis hors cadres et détaché auprès du commissaire résident général au Maroc.

M. le colonel CAMON, commandant le 20ᵉ régiment d'artillerie, a été nommé *général de brigade* et a reçu le commandement de la 14ᵉ brigade d'artillerie à Grenoble.

M. le colonel Berthelot, commandant le 94° régiment d'infanterie, a été nommé *général de brigade* et adjoint au 1er sous-chef de l'état-major de l'armée.

M. le commandant Bellanger a été promu *lieutenant-colonel* de l'armée territoriale.

MM. les chefs d'escadron d'artillerie Dollfus et Thomas ont été promus *lieutenants-colonels* de l'armée territoriale.

M. le capitaine Lambert de Sainte-Croix a été promu *chef d'escadrons* de cavalerie territoriale.

E. Décorations.

M. le général de division Pau, membre du Conseil supérieur de la guerre, a été élevé à la dignité de *Grand-Croix de la Légion d'honneur* et décoré de la *Médaille militaire*.

M. le général de division Archinard, membre du Conseil supérieur de la guerre, a été élevé à la dignité de *Grand-Croix de la Légion d'honneur*.

M. Jules Claretie, membre de l'Académie française, administrateur général de la Comédie française, et M. le général de division Lasserre, commandant supérieur des troupes du groupe de l'Afrique occidentale française, ont été élevés à la dignité de *Grand-Officier de la Légion d'honneur*.

M. le général Lebas, gouverneur de Lille, a été promu *commandeur de la légion d'honneur*.

M. le général Camon, commandant la 14° brigade d'artillerie, et M. le chef d'escadron d'Adhémar ont été promus *Officiers de la Légion d'honneur*.

MM. les capitaines Assollant, Bessière et Léon Mouchot, *secrétaire général de la « Plume et l'Épée »*, ont été nommés *Chevaliers de la Légion d'honneur*....

Pendunt interrupta...

Léon MOUCHOT.

LISTE DES MEMBRES

DE

" LA PLUME ET L'ÉPÉE "

(au 1er septembre 1914).

COMITÉ EN 1914

Président : M. le vice-amiral Fournier, G. C. ✻, ⚔, etc., 65, avenue Bosquet (7e).

Vice-Président : M. Alfred Duquet, ✻, 48, rue du Ranelagh (16e).

Secrétaire Général : M. le capitaine Léon Mouchot, ✻, I. ❀, 17, boulevard Jules-Sandeau (16e).

Trésorier : M. le baron de Contenson, ✻, 4, rue de l'Alboni (16e).

Membres.

MM. Émile Bertin, C. ✻, 10, rue Garancière (6e).

Biard d'Aunet, O. ✻, 31, rue des Vignes (16e).

Le général de division Coupillaud, C. ✻, I. ❀, etc... 20, avenue de Breteuil (7e).

Le général de division Dalstein, G. C. ✻, ⚔, I. ❀, 239, boulevard Saint-Germain (7e).

Le colonel Delannoy, C. ✻, 74, rue de l'Université (7e).

Paul Fontin, ✻, 36, rue de Penthièvre (8e).

Le général de Maindreville, C. ✻, 32, rue Washington (8e).

Charles Rabany, O. ✻, 5, rue Gounod (17e).

Le commandant Schmoll, O. ✻, 124, avenue Victor-Hugo (16e).

Ternaux-Compans, ✻, ⚔, ❀, etc... 25, rue Jean-Goujon (8e).

Le contrôleur général Ventre, C. ✻, 5, rue La Condamine (17e).

MEMBRES SORTANTS FIN 1914

MM. le colonel Delannoy.

le capitaine Léon Mouchot (rééligible).

Charles Rabany.

le commandant Schmoll.

le contrôleur général Ventre.

LISTE ALPHABÉTIQUE

A

Adam-Salomon (capitaine), ✻, 49ᵉ régiment d'artillerie, 2, boulevard Mirault, Angers (Maine-et-Loire). 1904

Adhémar (commandant d'), O. ✻, etc., 86, rue de Varenne, Paris (7ᵉ), du 1ᵉʳ mars au 1ᵉʳ juin, et à Sorgues (Vaucluse), le reste de l'année. 1901

Agoult (lieutenant de vaisseau d'), ✻, ancien député, à Voreppe, Isère. 1909

Allaire (colonel), O. ✻, 16, rue de Marignan, Paris (8ᵉ). 1894

Alombert (contrôleur général), O. ✻, I. ⚜, 39, avenue Rapp, Paris (7ᵉ).

Amboix de Larbont (général de division d'), O. ✻, 11, avenue Hoche, Paris (17ᵉ). 1907

Andigné (comte d'), C. ✻, ancien officier de cavalerie, conseiller municipal de Paris (16ᵉ), 49, rue de Boulainvilliers, Paris (16ᵉ). 1911

Archinard (général de division), membre du conseil supérieur de la Guerre, G. C. ✻, I. ⚜, C. ⚜, 9, rue Brémontier, Paris (17ᵉ). 1912

Ardouin-Dumazet, ✻, etc., 12, rue George-Sand, Paris (16ᵉ). 1909

Armengaud (Jules), ✻, 44, rue Laugier, Paris (17ᵉ). 1894

Assollant (capitaine Georges), ✻, 31ᵉ régiment d'artillerie, 1, rue de l'Abbaye Saint-Vincent, Le Mans (Sarthe). 1907

Aubier (général de division), O. ✻, ⚜, commandant la 8ᵉ division de cavalerie à Dôle (Jura). 1912

Audouit, chef d'escadron d'artillerie coloniale, ✻, Saïgon (Cochinchine).
Pseudonyme : Édouard Ibémi. 1901

B

Bacquet (commandant), ✻, ⚜, etc., chef de bataillon au 132ᵉ régiment d'Infanterie, Reims (Marne), et 11 *bis*, rue César-Franck, Paris (15ᵉ). 1908

Balleyguier (commandant), ✻, ⚜, 40, rue du Bac, Paris (7ᵉ). 1910

Baratier (colonel), O. ✻, M. C., M. Atlantique-Mer Rouge, commandant le 14ᵉ régiment de chasseurs, Dôle (Jura). 1912

Becquey-Baupré (lieutenant-colonel), O. ✻, 19, rue Daru, Paris (8ᵉ). 1910

Bellanger (lieutenant-colonel), ✻, I. ⚜, 142, rue de Rennes, Paris (6ᵉ). 1894

Belloc, I. ⚜, C. ✻, statuaire, 129, rue de l'Université, Paris (7ᵉ). 1911

Berger-Levrault (Théodore), éditeur militaire, 15, quai aux Fleurs, Paris (4ᵉ). 1914

BERNARD-WOLFF (commandant), O. ✳, 1, square Latour-Maubourg,
Paris (7ᵉ).   1908

BERTHELOT (général), ✳, 🌿, etc., adjoint au 1ᵉʳ sous-chef de l'état-
major de l'armée, 17, rue Desaix, Paris (15ᵉ).   1908

BERTIN (Émile), C. ✳, membre de l'Académie des Sciences, 10, rue
Garancière, Paris (6ᵉ), et à La Glacerie, près Cherbourg (Manche).
          1908

BERTRAND (commandant), ✳, 🌿, 🎖, section technique de l'infanterie
au ministère de la guerre, 9, rue Devès, Neuilly-sur-Seine
(Seine).   1908

BESSIÈRE (capitaine), ✳, I. 🌿, 165, rue de Paris, Charenton (Seine).
          1903

BIARD D'AUNET, O. ✳, 🌿, etc., ancien lieutenant de vaisseau, ministre
plénipotentiaire, 34, rue des Vignes, Paris (16ᵉ).   1908

BIENAIMÉ (vice-amiral), G. O. ✳, député de Paris (2ᵉ), 5, square de
Latour-Maubourg, Paris (7ᵉ).   1911

BIENAYMÉ DE LA MOTTE (lieutenant André), 36 *bis*, avenue de l'Opéra,
Paris (2ᵉ).   1910

BLIN (commandant Lucien), ✳, 8, quai de la Mégisserie, Paris (1ᵉʳ).
          1906

BLIN (lieutenant Marcel), 140, rue de Rivoli, Paris (1ᵉʳ). La Diffa, 18,
rue Armengaud, Saint-Cloud (S.-et-O.).   1909

BLOIS (comte Louis de), ✠, ancien enseigne de vaisseau, 88, avenue
Kléber, Paris (16ᵉ). — Château du Bourg-d'Iré, par Segré
(Maine-et-Loire). *Pseudonyme :* AVESNES.   1911

BOISSONNET (lieutenant-colonel), O. ✳, secrétaire de la rédaction de la
Revue militaire générale, 21, boulevard de Latour-Maubourg,
Paris (7ᵉ).   1912

BONAPARTE (Prince Roland), de l'Académie des Sciences, 10, avenue
d'Iéna, Paris (16ᵉ).   1910

BORDEAUX (Henry), ✳, ✠, 44, rue du Ranelagh, Paris (16ᵉ).   1913

BOUCHER (colonel Arthur), O. ✳, 105, avenue de la Reine, Boulogne-
sur-Seine (Seine).   1911

BOUÉ DE LAPEYRÈRE (vice-amiral), G. O. ✳, I. 🌿, etc., ancien ministre
de la Marine, commandant en chef l'armée navale, Toulon
(Var).   1909

BOULOT (lieutenant Georges), I. 🌿, 83, avenue du Bois-de-Boulogne,
Paris (16ᵉ).   1908

BOURBON (S. A. R. le prince DE), *Membre donateur*, général de division à Madrid (Espagne).   1895

BRANCHARD (capitaine), Briey (Meurthe-et-Moselle).   1894

BRIZARD (commandant René), ✳, etc., 59, boulevard Malesherbes,
Paris (8ᵉ).   1908

BRUGÈRE (général de division), G. C. ✳, 🎖, etc., ancien vice-président

du conseil supérieur de la guerre, 20, avenue Rapp, Paris (7e),
et La Rivière, par Lorris (Loiret). 1909

Brunet (docteur Félix), ❋, ✿, etc., médecin de 1re classe de la marine,
professeur à l'École de médecine navale de Brest, hôpital maritime, Brest (Finistère). 1909

C

Camon (général), O. ❋, M. C., I. ✿, etc., commandant la 14e brigade
d'artillerie, à Grenoble (Isère). 1908

Caquet (François), ❋, I. ✿, C. ✿, etc., rédacteur en chef de *la Gazette
du Village*, 23, rue Houdon, Paris (18e), et à Fontaine, par
Saint-Hilaire-Fontaine (Nièvre). 1895

Carnot (commandant Sadi), 27, rue Jean-Goujon, Paris (8e).

Carré (Albert), O. ❋, I. ✿, administrateur général de la Comédie
française, lieutenant-colonel de l'armée territoriale, 24, rue
Chauchat, Paris (9e).

Chambon (capitaine de réserve d'artillerie), I. ✿, *Membre fondateur*,
76, boulevard des Batignolles, Paris (17e). 1893

Chapelot (René), ❋, 30, rue Dauphine, Paris (6e). 1900

Charcot (docteur Jean), O. ❋, ✿, etc., 11, rue de La-Tour-des-Dames,
Paris (9e). 1910

Chaumont (contrôleur général de 1re classe), C. ❋, etc., 85, avenue de
Malakoff, Paris (16e). 1911

Chevalme de Keréon (colonel), C. ❋, ✿, etc., 9, rue Spontini, Paris
(16e). 1909

Clerc-Rampal (capitaine), 31, rue Ballu, Paris (9e). 1913

Cochin (colonel), ❋, commandant le 16e dragons, Reims (Marne).
1912

Cochin (baron Denys), ✿, de l'Académie française, député de Paris,
53, rue de Babylone, Paris (7e), et château de Beauvoir, Ver-
neuil-l'Étang (Seine-et-Marne). 1912

Colin (lieutenant-colonel), ❋, 29e régiment d'artillerie, à Laon (Aisne).
1912

Comment (commandant), O. ❋, ✿, I. ✿, 76, rue Bonaparte, Paris (6e).
1908

Conneau (lieutenant de vaisseau), ❋, etc., 89, rue de la Pompe, Paris
(16e). *Pseudonyme* : André Beaumont. 1914

Contenson (baron de), ❋, etc., 4, rue de l'Alboni, Paris (16e), et château de Sercy, par Saint-Gengoux-le-National (Saône-et-Loire).
1900

Corbin (lieutenant Pierre), 20, rue Daru, Paris (8e). 1913

Coupillaud (général de division), C. ❋, I. ✿, etc., 1, rue Alfred-
Laurent, Boulogne-sur-Seine (Seine). 1911

Courtès (général marquis), C. ✻, 18, rue Barbet-de-Jouy, Paris (7ᵉ).
— Château de Challain-la-Poterie, par Candé (Maine-et-Loire).
1911

Cousin (général), O. ✻, etc., 96 *bis*, rue Demours (17ᵉ).   1911

Coutaud-Delpech (Edmond), lieutenant de réserve au 6ᵉ régiment de Chasseurs, 10, rue Théodule-Ribot, Paris (17ᵉ).   1913

D

Dalstein (général de division), G. C. ✻, ❀, I. ✿, etc., ancien gouverneur militaire de Paris, ancien membre du conseil supérieur de la guerre, 239, boulevard Saint-Germain, Paris (7ᵉ).   1910

Dautel (capitaine), 19, boulevard du Montparnasse, Paris (6ᵉ).   1912

Dehenne (docteur), O. ✻, 19, rue de Milan, Paris (9ᵉ).   1900

Delanne (général), C. ✻, I. ✿, etc., ancien chef de l'état-major de l'armée, 52, boulevard Malesherbes, Paris (8ᵉ).   1910

Delannoy (colonel), C. ✻, I. ✿, etc., 74, rue de l'Université, Paris (7ᵉ), et La Harancherie, par Cour-Cheverny (Loir-et-Cher).
1909

Delineau (docteur), ✻, ✿, etc., *Membre fondateur*, 104, boulevard de Courcelles, Paris (17ᵉ).   1893

Dennery (commandant), ✻, I. ✿, ❀, 20, boulevard Richard-Lenoir, Paris (11ᵉ).   1909

Deouet (Paul), ✿, lauréat de « *La Plume et l'Épée* », 174, avenue Victor-Hugo, Paris (16ᵉ).   1894

Deslandres (commandant Henri), ✻, etc., de l'Académie des Sciences, du bureau des longitudes, directeur de l'Observatoire de Meudon, 21, rue de Téhéran, Paris (8ᵉ), et 39, av. du Château, Bellevue (S.-et-O.).   1909

Detanger (capitaine), médaille du Maroc, ✿, ✠, cabinet du ministre des colonies, 27, rue Oudinot, Paris (7ᵉ). *Pseudonyme* : Émile Nolly.
1913

Dollfus (lieutenant-colonel), ✻, ✠, 73, rue de Courcelles, Paris (8ᵉ). 1911

Driant (commandant), ✻, député de Meurthe-et-Moselle, 47, avenue Henri-Martin, Paris (16ᵉ). *Pseudonyme* : capitaine Danrit.
1905

Dubuffet (lieutenant René), 19, rue Margueritte, Paris (17ᵉ).   1909

Duchesne (général de division), G. C. ✻, ❀, etc., ancien membre du Conseil supérieur de la guerre, 6, avenue Mercédès, Paris (16ᵉ).   1913

Dupuy (lieutenant Charles), 24, rue Lalo, Paris (16ᵉ).   1911

Dupuy (lieutenant Émile), ✻, ✿, etc., 14, rue du Colonel-Moll, Paris (17ᵉ).   1914

Duquet (Alfred), ✻, *Membre fondateur*, 48, rue du Ranelagh, Paris (16ᵉ).   1893

Durand (général Léon), G. O. ✻, etc., ancien membre du Conseil supérieur de la guerre, 91, rue Saint-Spire, Corbeil (S.-et-O.).

E

Espitallier (lieutenant-colonel), O. ✻, ✧, etc., *Membre fondateur*, 73,
rue du Cardinal-Lemoine, Paris (5e). 1893

Eveillard (commandant), ✧, etc., du 82e régiment d'infanterie, 14,
rue de Coligny, Montargis (Loiret). 1911

F

Faure-Biguet (général de division P.), G. O. ✻, etc., ancien gouverneur militaire de Paris, *ancien président de « La Plume et
l'Épée »*, 3, rue Cothenet, Paris (16e). 1903

Fleury (colonel vicomte), O. ✻, directeur de la *Revue de Cavalerie*,
2, avenue Émile-Deschanel, Paris (7e). *Pseudonyme* : A. Dry.
1907

Fleutiaux (commandant), ✻, ✧, etc., *Membre fondateur*, 6, avenue
Suzanne, Nogent-sur-Seine (Seine). 1893

Fontin (Paul), ✻, ancien *secrétaire général de « La Plume et l'Épée »*,
36, rue de Penthièvre, Paris (8e). 1899

Fournier (vice-amiral), G. C. ✻, ✦, etc., 65, avenue Bosquet, Paris
(7e). 1907

Frank-Puaux (lieutenant), M. C., ✧, O. ✦, etc., 36, rue Godot-de-
Mauroy, Paris (9e). 1909

Frocard (lieutenant-colonel), C. ✻, ✧, etc., 183, rue de l'Université,
Paris (7e). 1899

Fuinel (Charles), ✧, etc., *Membre fondateur, ancien secrétaire général
de la « Plume et l'Épée »*, 3 bis, rue d'Athènes, Paris (9e). 1893

G

Galli (Henri), ✻, *ancien président et membre du conseil municipal
de Paris*, 17, rue d'Offémont, Paris (17e). 1913

Galliéni (général de division), G. C. ✻, ✦, etc., membre du Conseil
supérieur de la guerre, gouverneur général honoraire des
colonies, gouverneur militaire de Paris, Hôtel des Invalides,
Paris (7e). 1909

Gallois (capitaine), ✻, ✦, 15, avenue de la Villa, Vincennes (Seine).
1908

Gautreau (lieutenant-colonel Henri), C. ✻, I. ✧, *Membre fondateur*,
80, rue Jouffroy, Paris (17e). 1893

GLANDAZ (Albert), ✳, membre du Conseil supérieur de la navigation maritime, vice-président du Yacht-Club, 57, boulevard Lannes, Paris (16ᵉ).   1909

GOURAUD (général), C. ✳, méd. col. I. ◉, etc., 17, avenue de Tourville, Paris (7ᵉ).   1910

GRANDMOUGIN (Charles), ✳, I. ◉, 16, rue Chauveau, Neuilly-sur-Seine, Seine.   1907

GRODET (Albert), O. ✳, I. ◉, député de la Guyane française, gouverneur honoraire des Colonies, 15, rue Lacépède, Paris (5ᵉ).   1900

GUIGNARD (capitaine), ✳, M. C. (Soudan), 74, rue Jouffroy, Paris (17ᵉ).   1913

H

HARMAND (Jules), C. ✳, etc., ambassadeur de France, 225, faubourg Saint-Honoré, Paris (8ᵉ).   1909

HÉBERT (Jacques), 3, rue des Pyramides, Paris (1ᵉʳ).   1900

HENRY (commandant), chef de bataillon au 104ᵉ régiment d'infanterie, Paris (7ᵉ).   1908

HENRY (lieutenant Louis-Paul), 9, cité Vaneau, Paris (7ᵉ), et 19, boulevard Vert-Saint-Julien, Bellevue (Seine-et-Oise).   1911

HERR (lieutenant de vaisseau), ✳, ◉, état-major de l'armée navale, Toulon (Var).   1909

J

JONQUIÈRES (vice-amiral DE FAUQUE DE), G. O. ✳, I. ◉, etc., membre du Conseil supérieur de la marine, ancien commandant en chef de l'escadre de la Méditerranée, 2, avenue Bugeaud, Paris (16ᵉ).   1913

K

KERILLIS (contre-amiral DE), O. ✳, M. T., I. ◉, etc., commandant la division navale de l'Extrème-Orient, Abbaye Skinner, Vertheuil en Médoc (Gironde).   1910

L

LABRY (capitaine comte DE), O. ✳. 21, avenue Kléber, Paris, (16ᵉ).   1913

LACROIX (général de division DE), G. C. ✳, ⚜, etc., ancien vice-président du Conseil supérieur de la guerre, 2, rue Pierre-Charron, Paris (16ᵉ).   1910.

La Ferronnays (Marquis de), député de la Loire-Inférieure, 40, rue de Chaillot, Paris (8e). 1913

Lagrange (Paul), ✪ ☗, ancien *secrétaire bibliothécaire-archiviste de « La Plume et l'Épée»*, 198, rue de la Roquette, Paris (11e). 1895

Lallemand (Charles), O. ✳, de l'Académie des sciences et du bureau des longitudes, 58, boulevard Émile-Augier, Paris (16e). 1909

Lambert de Sainte-Croix chef d'escadrons, ✪, etc., 2, rue Drouot, Paris (9e). 1909

Lasserre (général de division), G. O. ✳, etc., commandant supérieur des troupes du groupe de l'Afrique occidentale française, à Dakar (Sénégal).

La Tour (commandant de), ✳, etc... 12 *bis*, rue Raynouard, Paris (16e) 1912

Laubeuf, O. ✳, ingénieur en chef de la marine, 11, rue François-Ponsard, Paris (16e). 1907

Laur (capitaine breveté), ✳, section technique de l'infanterie, 5, rue Champfleury, Paris (7e). 1913

Lavauzelle (Charles), O. ✳, 40, avenue Baudin, Limoges (Haute-Vienne). 1894

Lebas (général), C. ✳, M. C. (Tunisie-Soudan), O. ✳, ancien gouverneur de Lille (Nord). 1911

Lebon (général de division Georges), G. O. ✳, I. ✪, etc., ancien membre du Conseil supérieur de la guerre, ancien ambassadeur extraordinaire de la République française, 40, avenue Duquesne, Paris (7e), et château de Kerozar, en Ploujean (Finistère). 1909

Lecomte du Noüy (Jean), ✳, etc., 30, boulevard Flandrin, Paris (16e). 1895

Léger (Louis), O. ✳, de l'Académie des sciences morales et politiques, 43, rue de Boulainvilliers, Paris (16e). 1907

Le Gros (général), ✳, 47, rue de Boulainvilliers, Paris (16e). 1910

Lejay (capitaine de vaisseau), O. ✳, M. T., ✪, etc., commandant le cuirassé « *Diderot* », 7, rue Claude-Chahu, Paris (16e). 1909

Loir (capitaine de frégate Maurice), O. ✳, 50, avenue de Wagram, Paris (17e). 1912

Longchampt (commandant), ✳, ✪, etc., 54, rue Saint-Louis-en-l'Ile, Paris (4e). 1909

Lucas (Étienne), *Membre fondateur*, 48, avenue des Belles-Vues, Bois-Colombes (Seine). 1893

M

Maindreville (général de), C. ✳, 32, rue Washington, Paris (8e). 1903

MALLETERRE (colonel), ✳, M. C. I. ❁, O. ✳, commandant le 46ᵉ régiment d'infanterie, caserne de Reuilly, 68, avenue Ledru-Rollin, Paris (12ᵉ). 1911

MANDAT-GRANCEY (capitaine de frégate baron Guillaume de), ✳, 5, rue du Boccador, Paris (8ᵉ). 1909

MANGIN (général Charles), C. ✳, 1, avenue Alphonse XIII, Paris (16ᵉ). 1913

MARBEC (ingénieur en chef de la marine), ✳, I. ❁, etc.., etc., 140, boulevard Montparnasse, Paris (14ᵉ). 1914

MARIN (commandant Paul), 68, rue La Condamine, Paris (17ᵉ). 1894.

MARNIERRE (Georges DE LA), ✳ *Membre fondateur*, château de la Touche-Hersent, par Châteaudun (Eure-et-Loir), de juin à novembre ; et 12, avenue du Chemin-de-Fer, Le Raincy, Seine-et-Oise, de novembre à juin. 1894

MARTIN (chef d'escadrons de gendarmerie Emmanuel), ✳, ❁, etc..., directeur du *Carnet de la Sabretache*, 161, avenue de Malakoff, Paris (16ᵉ). 1912

MARTY-LAVAUZELLE (capitaine), ✳, M. C., I. ❁, 10, rue Danton, Paris (6ᵉ). 1908

MAURION DE LARROCHE, I. ❁, 13, rue Neuve, Versailles (Seine-et-Oise). 1895

MÉRA (capitaine de réserve breveté), 7, square Thiers, Paris (16ᵉ).

MICHAL (général de division), G. O. ✳, ancien membre du Conseil supérieur de la guerre, 41, avenue Rapp, Paris (7ᵉ). 1911

MICHEL (général de division), G. O. ✳, I. ❁, membre et ancien vice-président du conseil supérieur de la guerre, ancien gouverneur militaire de Paris, 2, boulevard des Invalides, Paris (7ᵉ). 1911

MONTAIGNE (lieutenant-colonel), ✳ 38, avenue Saint-Lambert, Nice (Alpes-Maritimes). 1902

MONTEIL (lieutenant-colonel), O. ✳, M. T., M. C., I. ❁, 10, rue d'Aumale, Paris (9ᵉ). 1909

MORDACQ (lieutenant-colonel), ✳, M. T., M. C., etc., commandant en second l'École spéciale militaire de Saint-Cyr, à Saint-Cyr (Seine-et-Oise). 1910

MORIER (lieutenant-colonel), ✳, ❁, etc., 99ᵉ régiment d'infanterie 1910

MORTUREUX (chef d'escadron d'artillerie). ✳, ❁, 4, rue Cambon, Paris (1ᵉʳ). 1911

MOUCHOT (capitaine Léon), ✳, I. ❁, 17, boulevard Jules. Sandeau (16ᵉ), et château de Lannidy, en Plouigneau (Finistère). 1902

MOUCHOT (lieutenant Georges), *Membre perpétuel*, 46, boulevard Émile-Augier, Paris (16ᵉ). 1910

Mougenot (capitaine Fabien), ✳, ✿, ⬚, etc., 15, avenue Élisée-
    Reclus, Paris (7ᵉ).   1907
Mouillard (Lucien), *Membre fondateur*, 48 *bis*, avenue Mozart, Paris
    (16ᵉ).   1894

N

Niox (général de division), G. O. ✳, directeur du Musée de l'armée,
    Hôtel des Invalides, Paris (7ᵉ).   1910
Norberg (Charles], O, ✳, I. ✿, *Membre fondateur*, 4, rue Eugène-
    Labiche, Paris (16ᵉ).   1894

O

Olivier (capitaine), ✳, 19, rue de La Rochefoucauld, Paris (9ᵉ).
                                                     1911
Ortus (colonel), G. ✳, I, ✿, etc., *Membre fondateur*, Broyes, par
    Le Mesnil-Saint-Firmin (Oise).   1893

P

Painvin (commandant), ✳, I. ✿, 24, rue de Chartres, Neuilly-sur-
    Seine (Seine).   1903
Parisot (général), C. ✳, M. C., I. ✿, etc., 47, rue Poncelet, Paris
    (17ᵉ), et Pompey (Meurthe-et-Moselle).   1912
Parnet (capitaine), 26ᵉ bataillon de chasseurs, 26, rue du Levant,
    Vincennes, Seine. *Pseudonyme* : Francisque Parn.   1914
Paté (Lucien), ✳, I. ✿, etc., *Membre fondateur*, ancien *secrétaire*
    général de « La Plume et l'Épée », 9, rue de Bagneux, Paris
    (6ᵉ).   1894
Patté (Paul), ✳, gouverneur des colonies, ancien *secrétaire général
    de « La Plume et l'Épée »*, 16, avenue de Villars, Paris (17ᵉ)
                                                       1895
Pau (général de division), G. C. ✳, ⬚, ancien membre du Con-
    seil supérieur de la guerre, commandant l'armée de l'Est, 7,
    boulevard Raspail, Paris (7ᵉ).   1912
Pavie (Auguste), G. O. ✳, ministre plénipotentaire, 15, rue d'Erlan-
    ger, Paris (16ᵉ).   1913
Pézard (capitaine), O. ✳, 94ᵉ régiment d'infanterie, Bar-le-Duc,
    Meuse.   1910
Pimodan (duc de Rarécourt-), 64, avenue du Bois-de-Boulogne, Paris
    (16ᵉ), et château d'Échenay (Haute-Marne).   1907
Pineau (capitaine breveté), A. ✿, ⬚, O. ✳, état-major de l'armée,
    87, rue d'Assas, Paris (6ᵉ).   1912

Poilpot, C. ✳, ✤, président général de la Société des médaillés militaires, 11, rue Dufrénoy, Paris (16e). 1911
Pourcelle (sous-intendant-militaire Edgard), O. ✳, I. ✳, etc., 59, rue de Châteaudun, Paris (9e). 1900

R

Rabany (Charles), O. ✳, I. ✳, etc., *Membre fondateur*, directeur honoraire au ministère de l'intérieur, 5, rue Gounod, Paris (17e). 1893

Rebillot (général baron), C. ✳, etc., 172, rue de Grenelle, Paris (7e). 1902

Renard (lieutenant-colonel Paul), O. ✳, I. ✳, 41, rue Madame, Paris (6e). 1913

Reviers de Mauny (colonel de), O. ✳, M. C., etc., 14, rue de Bourgogne, Paris (7e). 1909

Riberette (commandant), ✳, C. ✳, 98, boulevard de Courcelles, Paris (17e). 1912

Rochegude (marquis de), 34, rue Beaujon, Paris (8e). 1914

Romeuf (capitaine baron de), ✳, 10, avenue Kléber, Paris (16e). 1895

Rottenbourg (Henri), ✳, I. ✳, *Membre fondateur*, 84, rue d'Hauteville, Paris (10e). 1893

S

Saffroy (lieutenant-colonel Henri), O. ✳, I. ✳, *Membre fondateur*, ancien *secrétaire général de « La Plume et l'Épée »*, 36, rue de Penthièvre, Paris (8e). 1893

Sainte-Chapelle (colonel), C. ✳, château du Grand-Longueron, par Joigny (Yonne). 1912

Saint-Geniès (vicomte de), ✳, ✳, 37, rue de Ponthieu, Paris (8e). *Pseudonyme* : Richard O' Monroy.

Salagnac (lieutenant-colonel), O. ✳, *Membre fondateur*, 53e régt d'infanterie, Perpignan (Pyrénées-Orientales). 1893

Sandras (commandant), 21, rue Guillou, Paris (16e). 1910

Sauvage (lieutenant-colonel), 132e régiment d'infanterie, à Reims, Marne. 1914

Sauvaire-Jourdan (capitaine de frégate), O. ✳, M. T., M. C., 205, boulevard Pereire (17e). 1908

Schmoll (commandant Henri), O. ✳. ✳, etc., 124, avenue Victor-Hugo, Paris (16e). 1895

Schmoll-Daugny (Jacques), I. ✳, 143, rue de la Pompe, Paris (16e). 1909

SCHNEIDER, C. ✷, M. 1870, M. C. (Tunisie), I. ✺, etc., médecin inspecteur de l'Armée, directeur du service de santé du 20e corps d'armée, 13, rue de Boudonville, Nancy (M.-et-M.).   1913

SPILLEUX (chef d'escadron d'artillerie breveté), ✷, ✺, 5, rue Saint-Didier, Paris (16e).   1914

T

TERNAUX-COMPANS, ✷, ✹, ✺, etc., ancien député, vice-président de la Société des médaillés militaires, 25, rue Jean-Goujon, Paris (8e).   1911

THOMAS (lieutenant-colonel d'artillerie), ✷, 44, rue de Dunkerque, Paris (9e).   1910

THOMASSON (commandant de), ✷, etc., directeur des *Questions diplomatiques et coloniales*, 11, rue Boislevent, Paris (16e).   1912

THOREL (lieutenant René), ✺, fondateur du Cercle national pour le soldat de Paris, 45, rue Nicolo, Paris (16e).   1911

TRINQUAND, 38, rue de Lagny, Chelles, Seine-et-Marne.   1895

TUPINIER (commandant baron), ✷, rue Eugène-Labiche, Paris (16e).
    Pseudonyme : Henri BARAUDE.   1903

V

VENTRE (contrôleur général de 1re classe), C. ✷, I. ✺, 5, rue La Condamine, Paris (17e).   1909

VIEILLARD (général de division), G. O. ✷, ✺, etc., ancien commandant en chef du génie du gouvernement militaire de Paris, 54, boulevard Émile-Augier, Paris (16e).   1910

VILLERS (comte Henry DE), I. ✺, etc., 19, avenue Victor-Hugo, Paris (16e).   1895

W

WALEWSKI (lieutenant-colonel), O. ✷, 4, avenue Hoche, Paris (8e).   1909

WELSCH (lieutenant-colonel), O. ✷, I. ✺, château de Montussant, par Aigueperse (Puy-de-Dôme).   1896

WOLFF (Paul), I. ✺, 28, rue de Saint-Quentin, Paris (10e).   1909

WORMSER (commandant Paul), ✷, ✺, *Membre fondateur*, 83, rue Demours, Paris (17e).   1893

Le Gérant : M.-A. DESBOIS.

MACON, PROTAT FRÈRES, IMPRIMEURS

MACON, PROTAT FRÈRES, IMPRIMEURS